民国

武侠小说

典藏文库

平江不肖生卷

民国
武侠小说
典藏文库

平江不肖生卷

江湖小侠传

平江不肖生
著

中国文史出版社

平江不肖生论（代序）[1]

张赣生

在民国通俗小说史上，若论起划时代的人物，便不能不提及平江不肖生，他不仅是推动中国通俗社会小说由晚清过渡到民国的一位重要作家，更是拉开中国武侠小说大繁荣序幕的开路先锋。

平江不肖生（1890—1957），原名向恺然，湖南平江人。他出生于一个富裕家庭，其祖父以经营伞店发家，其父向碧泉是个秀才，在乡里间颇有文名。向恺然五岁随父攻读，十一岁习八股，恰逢清政府废八股，改以策论取士，遂改习策论，十四岁时清政府又废科举，改办学校，于是向氏考入长沙的高等实业学堂。其时正值同盟会在日本东京成立并创办《民报》鼓吹革命，日本文部省在清政府的要求下，于1905年11月颁布"取缔清韩留日学生规则"，镇压中国留日学生的革命活动，引起留日学生界的强烈反对，同盟会发起人之一陈天华于12月8日在日本愤而投海自杀，以死激励士气。转年，陈天华灵柩运回湖南，长沙各界公葬陈天华，掀起了政治风潮，刚刚入学一年的向恺然就因积极参与这次风潮而被开除学籍，随后他自费赴日留学。

---

① 本文节选自张赣生著《民国通俗小说论稿》。

民国二年（1913），袁世凯派人刺杀了宋教仁，群情激愤。向恺然回国参加了“倒袁运动”，任湖南讨袁第一军军法官，讨袁失败后，他再赴日本，结交武术名家，精研武术，这使他成为民国武侠小说作家中真正精通武术的人；同时，他因愤慨一般亡命于日本的中国人之道德堕落，执笔写作《留东外史》。民国四年（1915），向恺然重又归国，参加了中华革命党江西支部，继续从事反袁活动。袁世凯去世后，他移居上海以撰写小说谋生，直至 1927 年返回湖南，他的主要通俗小说作品均在这十年间先后问世。1930 年至 1932 年，向恺然曾再度在上海从事撰著，但这一时期所作均为讲述拳术的短篇文章。1932 年“一·二八”日寇进犯上海，向恺然应何键之请返回湖南创办国术训练所。1937 年，抗日战争全面展开，他随二十一集团军转战安徽大别山区，任总办公厅主任，兼安徽学院文学系教授。1947 年返湖南，1957 年反右斗争后患脑溢血去世。

关于“平江不肖生”这一笔名的来历，向恺然在 1951 年写的简短“自传”中说：“民国三年因愤慨一般亡命客的革命道德堕落，一般公费留学生不努力、不自爱，就开始著《留东外史》，专对以上两种人发动攻击。……因为被我唾骂的人太多，用笔名‘平江不肖生’，不敢写出我的真名实姓。”此后他发表武侠小说时也一直沿用这一笔名。

至于“平江不肖生”的含义，向氏哲嗣在回忆文章中说：“当时有人问为何用这‘不肖生’？父亲说：‘天下皆谓道大，夫惟其大，故似不肖。’此语出自老子《道德经》。原来其‘不肖’为此，并非自谦之词。”其实这是向氏本人后来提出的一种解释，不一定真是采用这笔名的初意。《老子·六十七章》曰：“天下皆谓我道大似不肖。夫惟大，故似不肖；若肖，久矣其细也夫。”这里的“不肖”是“不像”“不类”的意思。道是抽象的，道涵盖万物之理，而不像某一具体物，从不像、不类、不具体，引申为“玄虚”“荒诞”。这用以反驳某些人后来对《江湖奇侠传》的批评，颇能说明作者的立场；但在创作《留东外史》时采用这一笔名的初意却非如此，《留东外史》第一回《述源流不肖生饶舌，勾荡妇无赖子销魂》中说：“不肖生自明治四十年，即来此地，……既非亡命，又不经商，用着祖先遗物，说不读书，也曾进学堂，也曾毕过业；说是实心求学，一月倒有二十五日在花天酒地中。近年来，祖遗将罄，游兴亦阑。”这段话把“不肖”二字的含义说得很清楚，应无疑义。

向恺然从写社会小说改为写武侠小说，是应出版商之请。包天笑在《钏影楼回忆录》中说：“《留东外史》……出版后，销数大佳，于是海上同文，知有平江不肖生其人。……我要他在《星期》上写文字，他就答应写了一个《留东外史补》，还有一个《猎人偶记》。这个《猎人偶记》很特别，因力他居住湘西，深山多虎，常与猎者相接近，这不是洋场才子的小说家所能道其万一的。后来为世界书局的老板沈子方所知道了，他问我道：‘你从何处掘出了这个宝藏者？’于是他极力去挖取向恺然给世界书局写小说，稿资特别丰厚。但是他不要像《留东外史》那种材料，而要他写剑仙侠士之类的一流传奇小说，这不能不说是一种生意眼。那个时候，上海的所谓言情小说、恋爱小说，人家已经看得腻了，势必要换换口味，……以向君的多才多艺，于是《江湖奇侠传》一集、二集……层出不穷，开上海武侠小说的先河。”这段话有助于我们了解向恺然的武侠小说。

向恺然是由晚清的通俗小说模式向新风格过渡的作家之一。因此，在他的小说中就必然存在着新与旧的两方面因素。从他最初的成名作《留东外史》来看，晚清小说模式的痕迹十分明显。

鲁迅在《中国小说史略》中谈到《官场现形记》《二十年目睹之怪现状》等晚清“谴责小说”时，曾指出：“揭发伏藏，显其弊恶，而于时政，严加纠弹，或更扩充，并及风俗。虽命意在于匡世，似与讽刺小说同伦，而辞气浮露，笔无藏锋，甚且过甚其辞，以合时人嗜好”，是此类小说的共同特征。《留东外史》不仅在内容取材和创作思想上明显地带有晚清“嫖界小说”和谴责小说的痕迹，而且在故事的组织形式上也体现着晚清小说结构松散的时风，缺乏严谨的通盘考虑。我这样说，并非要否定《留东外史》的艺术成就，而是要表明客观存在的事实，《留东外史》是具有过渡性质的民初作品，它不可能完全摆脱晚清小说模式的影响。这是很自然的，《官场现形记》发表于1902—1907年，《二十年目睹之怪现状》发表于1902—1910年，《海上花列传》发表于1892—1894年，《海上繁华梦》发表于1903—1906年，《九尾龟》刊行于1906—1910年；当向恺然在民国三年（1914）撰著《留东外史》时，正值上述诸书风行之际，相距最近者不过三四年，《留东外史》与之实属于同时代产物，假若两者之间毫无共同之处，那反倒是怪事。

从另一个方面来看，《留东外史》之所以能称为过渡性质的作品，还在于它确实提供了新的东西，甚至在某种程度上有令人耳目一新之感。首先是他如实地描绘了异国风情，中国通俗小说中的外国，向来是《山海经》式的，《西游记》《三宝太监西洋记》《镜花缘》等不必说了；林琴南的小说原是翻译，但他笔下的外国也被写得面目全非；再看看晚清的其他作品，如《孽海花》中对欧洲的描写，大都未免流于妄诞。不肖生在《留东外史》中却能把日本的风土民俗写得生动、鲜明，这正是此书出版后大受读者欢迎的重要原因。但是，这还仅是浅层的新奇；更深一层来看，不论作者是否自觉地意识到要运用西方的创作方法，实际上他已经表现出这种倾向，如上所说之照实描绘异国风情，就是西方文学的“写实主义”方法，特别是在《留东外史》的某些段落中还显示了进行“心理分析”的倾向，这些都是从旧模式向新风格过渡的重要迹象。

总之，就《留东外史》总体而论，旧模式的深刻痕迹还是主要的，但不能因此而忽略它所显示的新倾向之重要意义。两方面的因素杂糅在一起，是过渡时期的必然现象。处于洪宪复古浪潮中的向恺然，能做到这一步已经难能可贵，不应对他提出不切实际的过高要求。看一看《玉梨魂》《孽冤镜》等在复古浪潮中极享盛名的扭捏之作，或许更有助于认识《留东外史》的可贵之处。

《留东外史》使向恺然崭露头角，但他之得享盛名却是因为写了武侠小说《江湖奇侠传》。

《江湖奇侠传》当年所引起的轰动，今天的读者或许难以想象得到。这部作品首刊于《红》杂志第二十二期，《红》杂志为世界书局所办周刊，1922 年 8 月创刊，至年底发行二十一期，转年始连载《江湖奇侠传》。1924 年 7 月，《红》杂志出满一百期，改名为《红玫瑰》，仍为周刊，继续连载，至 1927 年向氏返湘，遂由《红玫瑰》编者赵苕狂续写，现今通行的《江湖奇侠传》一百六十回本，自一百零七回起为赵氏所续。

《江湖奇侠传》掀起的热潮一直持续了十年。据郑逸梅《武侠小说的通病》一文说："那个付诸劫灰的东方图书馆中，备有不肖生的《江湖奇侠传》，阅的人多，不久便书页破烂，字迹模糊，不能再阅了，由馆中再备一部，但是不久又破烂模糊了。所以直到'一·二八'之役，这部书已购到十有四次，武侠小说的吸引力，多么可惊咧。"在《江湖奇侠传》小说一版再版的同时，由它改编成的连台本戏也久演不衰，更加轰动的是明星影片公司改编拍摄的《火烧红莲寺》，由当时最著名的影星胡蝶主演。沈雁冰在《封建的小市民文艺》（作于 1933 年）一文中说："1930 年，中国的'武侠小说'盛极一时。自《江湖奇侠传》以下，模仿因袭的武侠小说，少说也有百来种吧。同时国产影片方面，也是‘武侠片’的全盛时代；《火烧红莲寺》出足了风头……《火烧红莲寺》对于小市民层的魔力之大，只要你一到那开映这影片的影戏院内就可以看到。叫好、拍掌，在那些影戏院里是不禁的，从头到尾，你是在狂热的包围中，而每逢影片中剑侠放飞剑互相斗争的时候，看客们的狂呼就同作战一般，他们对红姑的飞降而喝采，并不尽因为那红姑是女明星胡蝶所扮演，而是因为那红姑是一个女剑侠，是《火烧红莲寺》的中心人物；他们对于影片的批评从来不会是某某明星扮演某某角色的表情哪样好哪样坏，他们是批评昆仑派如何、崆峒派如何的！在他们，影戏不复是‘戏’，而是真实！如果说国产影片而有对于广大的群众感情起作用的，那就得首推《火烧红莲寺》了。从银幕上的《火烧红莲寺》又成为‘连环图画小说’的《火烧红莲寺》，实在是简陋得多了，可是那疯魔人心的效力依然不灭。”这是一位极力反对《江湖奇侠传》者写下的实录，我认为他所描绘的这幅轰动景象是可信的。

如此轰动一时的《江湖奇侠传》，它的魅力在哪里？要说简单也简单，不过是把奇闻异事讲得生动有趣而已。

向氏初撰《江湖奇侠传》时，并无完整构思，只是随手摭拾湖南民间传说，加以铺张夸饰，以动观听，用类似《儒林外史》的那种集短为长的结构，信笔写来，可行可止。作者在此书第八回中说：“说出来，在现在一般人的眼中看了，说不定要骂在下所说的，全是面壁虚造，鬼话连篇。以为于今的湖南，并不曾搬到外国去，何尝听人说过这些奇奇怪怪的事迹，又何尝见过这些奇奇怪怪的人物，不都是些凭空捏造的鬼话吗？其实不然。于今的湖南，实在不是四五十年前的湖南。只要是年在六十以上的湖南人，听了在下这些话，大概都得含笑点头，不骂在下捣鬼。至于平、浏人争赵家坪的事，直到民国纪元前三四年，才革除了这种争水陆码头的恶习惯。洞庭湖的大侠大盗，素以南荆桥、北荆桥、鱼矶、罗山几处为渊薮。逊清光绪年间，还猖獗得了不得。”就说出了此书前一部分的性质。

总之，《江湖奇侠传》有其不容忽视的长处，确实把奇闻逸事讲得生动有趣；但也有其不容忽视的短处，近乎于“大杂烩”，它之得享盛名，除了它自身确有长处之外，还与当时的环境条件有关，在晚清至民初的十多年间，中国通俗小说几经变化，公案小说和谴责小说的浪潮逐渐消退，“淫啼浪哭”的哀情小说维持不久已令人厌烦，此时向氏将新奇有趣的风土民俗引入武侠说部，道洋场才子之万不能道，自然使人耳目一新，其引起轰动也就是情理中应有之事了。

向恺然还写过一部比较现实的武术技击小说，即以大刀王五和霍元甲为素材的《侠义英雄传》，这部作品的发表与《江湖奇侠传》同时，于1923年至1924年间在世界书局出版的《侦探世界》杂志连载，全书八十回，后出单行本。或许是由于向氏想使此书的风格与《江湖奇侠传》有鲜明的区别，也或许是向氏集中精力撰写《江湖奇侠传》而难以兼顾，这部《侠义英雄传》写得不够神采飞扬，远不如《江湖奇侠传》驰名。此外，向氏还著有《玉玦金环录》《江湖大侠传》《江湖小侠传》《江湖异人传》等十余部武侠小说，成为二十年代最引人注目的武侠小说名家。

通观向氏的武侠小说创作，无论是《江湖奇侠传》或《侠义英雄传》，都还未能形成完善形态的神怪武侠小说或技击武侠小说风格。当然，对于这一点，我们不能苛求，向氏是一位过渡阶段的作家，他在民国通俗小说史上属于开基立业的先行者，他的功绩主要是开一代风气，施影响于后人。正是他的《江湖奇侠传》引起的巨大轰动，吸引了更多读者对武侠小说的关注，也推动报刊经营者和出版商竞相搜求武侠小说。后起的还珠楼主、白羽、郑证因、王度庐、朱贞木等都是在这种风气下，受报刊之约才从事武侠小说创作的，就这个意义上说，若没有向恺然开风气之先，或许也就不会有北派四大家的武侠名作。另一方面，向氏也的确给予后起的还珠、白羽、郑证因很大影响，只要看看还珠、白羽、郑证因早期的作品，就能发现其受向氏影响的痕迹。所以，向氏在民国通俗小说史上是一位重要的人物，他的功绩不容贬低，不能只从作品本身来衡量他应占的地位。

目　　录

序

不肖生之《江湖奇侠传》，既弥脍炙人口矣。第以所述成人之事为多，则更有以续草《江湖小侠传》为请者。不肖生笑曰：“奇花初胎，是为小侠。笔墨宣述，怀之久矣。会当努力一成之！”

比既告成，乃以相授，并郑重语余曰：“本书与《江湖奇侠传》性质虽略同，而为旨乃大异。《奇侠传》重在一奇字，故所写都为剑客之异事、大侠之奇行；本书则以轻灵剽疾为归，处处为小侠留身份，亦处处不欲脱小侠本色也！明乎此，始能读《奇侠传》与本书。子亦能为我一转语读者乎？”

余曰：“善！因为楬橥于此。虽然，余于此窃有所感矣！当余序《江湖奇侠传》时，已叹光阴虚掷，百不如人，弥兴哀乐中年之感。今则裘葛三易，而余精神更日衰，四十未至，老境已臻。对此龙骧虎步之小侠，不更将怀惭无地乎？

是为序。

民国十四年仲夏，若狂序于忆凤楼

第一回

白马河边争传绝技
乌鸦山畔欣睹旧家

话说中华民国二年的春天，不肖生在湖南常德府，经营一种普通商人都不注意的商业。经营的是什么呢？原来湖南岳州府，有一个民国元年新设的制革厂，那制革厂因在岳州，就取名叫作洞庭制革厂。制革厂自然制造的是皮革，只是制造这种皮革，必少不得的一种材料，就是栗树皮。

这栗树皮在湖南，虽是一种极寻常的东西，但是要成吨地收买起来，却不容易。因为湖南中路的森林最茂盛，栗树不是一种四季不落叶的树，人家十九拿它栽培起来，围护庄院，取其枝叶繁密，青翠可爱，谁也不肯将它的皮，剥下来发卖。

中路二十七县的山上，占势力的是一种松树，此外就是杉树。栗树的势力小得很，就中唯有常德栗树尚多。不肖生便到常德，专一收买这种树皮。只因这种贸易，在常德没人经营过，无经纪人可找，只得亲自到四乡去找农人交涉。久而久之，常德四乡的农人，认识得很不少了。

在白马河附近，有一个大村落。那村落里面，有一百二三十户人家。全是姓朱的，没第二姓。这一百二三十户人家，虽然门户各别，各有各的家庭，各有各的生活，但是有一种组织，在精神上，联络得成一个极大的家庭。

白马河左边，有一座山，乡人叫它为乌鸦山。那山不很高，从山脚到山顶，最高之处，也不过三里。山势却绵长得很，左弯右曲，高高低低地包围了二十多方里良田渥壤在里面。朱家的房屋，便完全靠着这乌鸦山接连建筑。山内二十多方里的良田，外姓人不过占了山口处十分之三，里面也全是朱家的产业。

朱家在这山里，住了五百余年，不曾迁徙过。男丁大半是务农生活，读书发迹，在外做官的，也有几十人。

不肖生在长沙的时候，就曾听得人说，常德有个朱宝诚，武艺好得了不得，剑术更是不传外人的看家本领。及到了常德，脑筋里便想起朱宝诚这个名字来。一向人打听，谁知朱宝诚就是乌鸦山朱家的家长，年纪已有五十多岁了，常德人无人不知道他，并无人不恭敬他。

不肖生生性喜欢武艺，而剑术这门学问，又从来不曾遇过会的人。日本所谓剑术，不待说是完全没有一顾的价值，刀与剑，日本人尚分别不清，抵死拿着一面开口的刀，说是宝剑；又拿着匕首当剑，两人戴着鬼脸壳，横砍直斫，哪里能算它是剑术？就是中国的武术家，也都是拿着舞单刀或舞单鞭的手法，来舞单剑；拿着舞双刀或舞双锏的手法，来舞双剑。至于真正的剑法，绝不曾见过会的。既是听得朱宝诚会剑，且是家传的绝技，而不肖生又已到了常德，离朱家不过五六十里路，怎能禁得住这一片好奇之心，不去见识见识呢？

那时正是五月中旬，天气已很炎热。遂向朋友处，借了一匹很壮健的走马，早一日问明了路径。这日天才黎明，只等城门一开，即出城向白马河进发。在途中休息一次，果是一匹好马，到白马河才八点钟。六点钟出城，五十多里路，只两小时就到了。

过河问乌鸦山朱家，乡人指着一带树木青葱的山道：“随着那山下的道路，向东走去，绕过山嘴，便是朱家了。”不肖生即整理了身上的衣服，拍去了一身灰尘，据鞍上马，照着乡人指引的道路，缓缓走去，一面在马上观览四周景物。

才走了约两里多路，陡见前面一座高山，仿佛挡住了去路，相离不过三百步远近，一望分明。山脚下绕着一条小河，并无道路，顿时心中疑惑，莫是乡人有意和外乡人开玩笑，指引上这一条绝道上来么？转念一想，那指路的人，很像是一个诚实的农夫，料不至拿人作耍。一时心中正在胡想，眼望着对面的山，一步一步地向跟前逼近过来。猛觉得马蹄一转，身躯几乎偏倒下马来。只道是马失了蹄，连忙将腿一紧，把缰向上提了一提。谁知那马却误会了意思，以为是要快走，两耳一竖，扬鬃鼓鬣地向前急走起来。

不肖生再抬头看对面的山时，已是不见了，但见一望无涯的，尽是稻田。碧绿的禾苗都在平原中，没有高下，看不出田塍来。只有那悠悠的南风，吹在禾苗上，一起一伏，如波浪一般，就仿佛与身在大海中，看远来的波涛相似。只不住心里又疑惑起来，怎的明明看见一座很高的山，拦住了去路，只马蹄一转，就变成了一个这般的所在呢？

立时将马勒住，回头一看，才从恍然里面，钻出一个大悟来。原来那座高山，便是对面的山嘴，走这边山嘴一转，就进了村口。这座乌鸦山，天然是这个村落的城墙，团团围住，只有一个山口做出入的要道。在山口外面，看不见里面的村落；在村落里面，更看不见山口。当时，不肖生见了这种好地方，不觉失声道好。

向前行了半里多路，才见有人家，房屋都很矮小，三五间一处，靠着山下，并不联络。又走了约半里，便远远地望见前面山脚下，一片房屋连绵不断，和个大市集一般，料想朱宝诚的家，必在那一片房子里面了。

正紧了一紧缰，向前疾走，忽迎面来了两个年纪都在三十左右的人，身上的衣服虽很朴素，面上却都显出些书卷气来，令人一望就知道是两个读书人。那两人见了不肖生，即停步，用眼向不肖生打量。马到切近，两人同时拱手问道："先生贵姓，从哪里来，到敝处找谁呢？"

不肖生连忙跳下马，说了姓名，以及拜访朱宝诚先生的话，并问两人的姓名。两人很客气，一个年纪稍大的答道："先生想会的，便是家父。"随手指着旁边这个道："这是舍弟，名缙卿；我贱名国卿，寒舍就在前面不远。请先生上马，我兄弟当引道前行。"说着，复拱手要不肖生上马。

不肖生自不能不客气一点，即牵着马同行。一会儿，到了那像市镇的地方，果有许多商店。那些商店的规模，和常德城里的不差什么。据朱国卿说，都是朱家一家人开设的，周围四五十里的人，都来这里买货物。因白马河的水路便当，虽在乡村之中，生意却不冷落。加之朱家通族的人，没有欺诈狡猾的，买卖都十分诚实，所以能与常德府城的生意竞争。

不肖生看了那些店家的情形，很相信朱国卿的话，不是无根据的。经过了二三十家店面，道路忽转向右边山凹里。弯弯曲曲的，作斜坡形一个很大的庄院，建在半山之中。那庄院的砖瓦颜色，虽十分陈旧，却也雄壮到十分，围着庄院左右及后方的，全是合抱不交的参天古木。只有前面大门口，是一个极大的草坪，没有树木。

草坪南首，竖着两条系马的木桩，地下两个上马的石踏凳，再有几个练武的方石，及绝大的仙人担（贯二石饼于竹木之两端，用以练力者），都埋在草内，大约至少也有十来年，不经人手去挪移它了。

朱缙卿连忙过来接了缰索，拴在那系马桩上。朱国卿引不肖生进了大门。远望二门上，悬了一幅朱漆金字篆书的对联，上写“敝庐六百载，高堂八千春”，十个斗大的金字。朱国卿指着二门的墙说道：“这三扇墙还是南宋时遗留下来的，以外也有元朝的，也有明朝的，也有清初的。在常德没有比舍间再年代久远的房子了。”

不肖生一面点头应是，一面走近那墙跟前，看墙上虽是用白粉糊了，却因糊得很薄，能看得出砖砌的痕来。那砖每块足有一尺三寸长、四寸来厚，简直就是和上海、香港建筑高大洋房的红砖一般，比城墙砖还要长大一倍，怪不得能支持五六百年之久。近数十年来，内地建造房屋的砖，十口只怕还抵不了这一口。朱国卿即不说是南宋时遗留下来的，不肖生也能断定不是明清之物。

朱国卿又道：“这副对联，是光绪庚子年（即二十六年）家祖母八十岁寿期，家大伯写的。家祖母今年九十三岁了。”

不肖生听了，心中不觉很诧异，怎么古老人物，都聚在一块儿了？但是心里虽然诧异，却很高兴这回算不白辛苦，得见着这么古的房屋，又能遇着这么年老有福的人。便不见朱宝诚的剑术，也很值得了。

不知朱家的剑术究竟如何，不肖生能不能瞧见朱家的剑术，且俟下回再写。

忆凤楼主[1]评曰：

本书与《江湖奇侠传》，虽同出不肖生一人之手，性质亦略复相同，然其描写之点则大异。《奇侠传》以雄奇为主，所写者为当世剑侠之异事。本书以活泼为尚，所写者，为一般小侠之豪情。

读《奇侠传》，如闻虎啸深山、龙吟大泽；读本书，如见日出东海、花发南枝。明乎此，始可读《奇侠传》与本书。

一部洋洋十万余言之大著作，颇苦不知从何说起。因以乌鸦山朱家为之引，此提纲挈领法也，非善为文章者莫能办。

乌鸦山朱家，确为乔家世家，“敝庐六百载，高堂八千春”一联，语气又何其阔大哉！

---

① 忆凤楼主，即赵苕狂。

第二回

论剑术畅谈家数
观奇传别具会心

话说朱国卿把不肖生引到一间书房里坐下，即抽身进里面去了。

不肖生看那书房中陈设，当窗一张楠木长条桌的上面，就放着一方硕大无朋的砚池，和一个用竹根雕成的笔筒。笔筒内插着十来支大小的毛笔，靠墙摆着四把楠木靠椅、两个茶几，壁上并没有悬挂什么字画，却挂着一把四尺多长的兵器；形式像剑，比寻常用的剑足长过一倍，捏手的所在，系着两条手指粗细的丝绦。心中暗想：哪有这么长的剑？然照形式看来，不分明是一把剑吗？正打算趁着没人，取下来见识见识，忽听得外面脚声响，只得仍坐着不动。

脚声渐响渐近，门帘起处，进来一个身材高大的男子。身穿八团花宝蓝纱衫，上罩一件玄青团花纱马褂，生得浓眉巨眼，神采惊人。嘴边并没有留须，望去不过四十来岁的年纪，笑容满面地向不肖生抱拳说道："兄弟便是朱宝诚，劳先生远道来访，失迎得很。"那说话的声音，十分嘹亮，一听就知道，那声音是从丹田中发出的。不由得心中发生一种敬爱之念，随即答礼，客气了几句，彼此坐下攀谈起来。

这一次攀谈，不肖生得的益处却不少，才知道挂在壁上的那四尺多长的兵器，竟是一把剑。据朱宝诚说，这还是短的，极长的有八尺，在临阵时才用。古人身上佩带的，不过三尺，只能作防身用，不能上阵。现在一般人用的，都在二尺以内，不是剑，是匕首。剑尖在一尺以内，便逐渐尖削起来，匕首尖削在一寸以内，和匕的头子一般，所以名叫匕首。这剑四尺五寸，是因为小儿辈没力气，使不动八尺的长剑，特铸这么短的，给他们使着玩耍。

不肖生在朱家住了七日，看朱宝诚使了一次剑，朱国卿兄弟每人使了一次。不肖生心中很疑惑，从来各种小说中，凡是写人舞剑，不是说舞得一团白光，便是说什么兔起鹘落，什么如风飘瑞雪；怎的朱家这种剑法，和那些小说上称赞的，一些儿也不像呢？不但没一手盘旋飞剑的，并且有时呆呆地立着，两眼望着剑尖，出了神似的，动也不动一动。就是动的时候，手足也都迂缓得一下是一下，不相连贯。

他父子没动手演的时候，不肖生早已准备了几个“好”字，含在口里，等演时叫出来，助他们的兴。及至三人都演完了，一个“好”字，都不曾叫得出口。非是眼界高，实在是看不懂，不知“好”字应从哪里叫起。若一味瞎叫，反显得强不知以为知，更惹他们笑话，不如索性不开口。

三人演完了，朱宝诚拱手说：“见笑！”不肖生只得老着脸说道：“我平生不曾见过使剑的，先生的剑法，我实在是莫测高深。还望先生念我来意之诚恳，不吝珠玉，将这剑法的奥妙，赐教一二。”

不肖生说这话，是疑心朱家的剑术，不肯传于外人，有意胡乱使出这些莫名其妙的手法，拿来搪塞，免得外人剽窃。

朱宝诚似乎看出来了不肖生的意思，即笑着答道：“世间没有不肯传人的武艺，也没有什么秘密不能给人知道的武艺。都是因为世俗教师，自己没真实本领教徒弟，却又想骗徒弟的钱，便装出有许多秘密手法，不肯轻易传人的样子来；但又故意露出些意思，使徒弟去将就他、拜求他，他仍装模作样。及至末了，多许他几十串钱，他就拣一两下，比从前教的略为直接些儿的手法，传给这个出钱多的徒弟，便算是秘传，其实算得什么？我这剑法，要说是秘传吧，手手是秘传；要说平常吧，手手很平常。剑法便再好些，没有功夫，也是枉然。世间哪有功夫能剽窃到手的？莫说功夫不能剽窃，就是法子也剽窃不了。这人一看即能剽窃，则他的功夫必然在我数倍以上，功夫既在我之上，哪里用得着再剽窃我的呢？即是和我差不多的功夫，他若不与我同门，彼此也都剽窃不着；功夫在我以下的人，是更不待说了。一手一手地剖析来教，尚且还得半年、三五个月，才能通晓法门，岂是一望就得成功的吗？舍间的剑术并非不传外人，只因外人没有肯来学的，所以不曾传得。”

不肖生点头问道：“适才见先生所演的剑法，其中奥妙之处，能赐教一二么？我平时虽不曾见过剑术，但每见小说中称赞舞剑的，总是说舞到好处，只见剑光，不见人影，又说什么连水都泼不进去。那些话，难道全是不在行的人，但凭理想说的吗？”

朱宝诚哈哈笑道：“一点不错，并非不在行的人凭理想说的话。剑术的种类原来甚多，舞的是舞的剑法，击的是击的剑法。兄弟和小儿刚才使的，是击剑，不是舞剑。在剑术中，本分文武两派，舞剑是文派，击剑是武派。古时的文人女子，会舞剑的很多，会击剑的极少。舞剑一门，不过是古时歌舞中的一种，一般地也有许多手法，但用意不在刺人，只在好看。所以舞的时候，盘旋得异常迅速，剑光人影，上下翻飞。舞到极快的时候，是能如小说上面所说的，只见剑，不见人。至于泼水不进的话，就只怕是做文章的人，极力形容其快罢了。舞剑无须乎学，练过把势的人，都能一看就会。”

不肖生问道：“会舞剑的，也有用处没有呢？”

朱宝诚想了一想，笑道：“用处却难说。古时每有舞剑侑酒的，于今宴会上侑酒，都改了叫班子里的姑娘们，唱几句曲子。古时文人，多借舞剑运动身体，舒畅筋络；于今的文人，也都改了，用什么柔软体操，以外却不知道更有什么用处。兄弟不曾学过舞剑，大概还有用处，非我浅学的人，所能理会。击剑与舞剑，用意既是不同，手法自然也有很大的分别。先生拿着小说上写舞剑的情形，来看击剑，那如何看得上眼呢？”

不肖生见朱宝诚，说出怎么看得上眼的话来，心中很觉得惭愧，翻悔自己不应拿小说上写舞剑的话来说，以致他多心，说看不上眼。即时想用话声辩，忽一转念：“我素来是拙于言词的人，倘若声辩得不得法，益发使人不快。”一时心和口正在来回地商量，朱宝诚已接着说道：“击剑一门，不但在今时研究的极少，便是古时，用剑的也不如用戈、矛的多。因为剑是各种兵器之主，剑的本身，原已极难使用，而临阵又不能用它招架敌人的兵器，所以一般人都不大肯用它。近时枪炮发明了，连用戈、矛的都没有了，更向哪里去找用剑的来？兄弟说句不客气的话，莫说先生不曾见过的，看不懂舍间的剑法；便是那些小说上写的会舞剑的人，也决不知道我的剑，是怎么一回事。舍间的剑法，来源远得很。六十年前，通中国有两家会这剑的；六十年后，就只舍间一家了。前年，有朋友从广西来，说都安有个土司官会击剑，剑法和舍间的一样。兄弟禀知家慈，家慈很有些疑心，将六十年前的事，如此这般地说给兄弟听，命兄弟立刻到广西都安，去拜访那位会击剑的土司官。兄弟一到都安，才知道那位土司官，正是家慈疑心推测的人。于是舍间的剑术，分一支到广西去了。”

不肖生听了朱宝诚所述六十年前的事，不觉惊得目瞪口呆。若不是亲耳听得朱宝诚所说，亲眼看见朱宝诚的母亲，也断不相信，果有这么一回事。

至于事实如何，且听下回书中，从头细写出来，供阅者诸君的研究。

忆凤楼主评曰：

未见击剑之前，先细写剑之形式，此虽为题中应有之义，而著者好整以暇之态，亦于此可见一斑。

剑与匕首完全不同，今人每不知之，辄谈匕首即剑，读此节当可恍然大悟矣！此非所谓“闻君一席话，胜读十年书”欤？

今人之为小说，其写剑也，不曰“兔起鹘落”，即曰“电掣风翻”，一若非此，不足以尽剑术之奇者。盍取而一读此节，当始审其见闻之陋，而知剑术之中，固有击剑、舞剑之分矣。

舞剑仅以侑酒，不知其他，快人快语！我欲为之浮一大白。然为善舞剑者闻之，不知又将何若。

一见即能将人之绝技剽窃而去者，其人必有绝高深之功夫，即亦何待于剽窃？此数语实为至理名言，愿读者其毋忽诸！

第三回

三年学艺宝剑随身
一旦成行长甲护体

这回书须从朱宝诚的祖父说起。朱宝诚的祖父，官名一个沛字，号叫若霖，以大挑知县，在陕西做了十多年知县官。咸丰元年，升了西安府知府。朱若霖为人极精干，膝下生了三个儿子。一、二都在襁褓中死了，只有第三个儿子名岳，字镇岳，生小即颖悟绝伦。十二三岁时，文学便很有了根底，每有一篇诗文出来，不到几日即传遍长安。

一日，朱镇岳的母亲魏氏，带着朱镇岳，到东门报恩寺进香。报恩寺的长老雪门和尚，一见朱镇岳，就仿佛见了什么奇珍异宝一般，不住地用两只老眼，在朱镇岳身上打量，末后合掌向魏氏说道："公子和老衲有缘，求夫人将公子舍在老衲跟前三年，必能于公子身上有很多的益处。"

魏氏一听这话，不由得心里气愤，脸上便露出不高兴的神情来答道："我夫妇的年纪合起来，差不多一百岁了，就只这一个儿子，老和尚不是不知道，怎会说出将他舍了的话来呢？"

雪门和尚笑道："老衲不是说要夫人将公子舍了，三年后仍得将公子交还夫人。不但于公子身上有极大的益处，便是于老爷、夫人身上，也有多大的好处，三年的光阴，容易过去。"

魏氏不待和尚说完，即连连摇手道："这话不用提了，莫说三年，三日也不行！"

雪门和尚道："夫人今日不短舍，只怕将来要长舍呢。老衲方外人，以慈悲为本，难道对公子还有恶意吗？"

魏氏也不答话，进好了香，便带着朱镇岳上轿，回衙门去了。气愤愤地将话告知朱若霖。朱若霖毕竟是个精明人，听了问道："你问他为什么要舍在他跟前的话没有呢？"魏氏道："谁高兴问他？无论他为的什么，要把我的儿子舍给和尚。总是不行的。"

朱若霖笑道："话不能这么说，雪门和尚的为人，我很听人说过，是个极有道行的和尚。虽是个方外人，却干过几件救困扶危的事。并且他在报恩寺当主持，也当了十多年了，从来不曾有人说他做过不法的事。他说要把岳儿舍给他三年，必有点道理在内，可惜你只顾一时气愤，也不问问他。"

魏氏不悦道："你把儿子看得轻，你去生儿子舍给和尚，我自己生下来的儿子，只这一个，是很宝贝的，一刻也不许离开我。"朱若霖哈哈笑道："你生的儿子不肯舍掉，叫我到哪里再生个儿子来舍呢？不用气吧，我也不过是这么闲谈，谁也不肯将自己的儿子，给一个和尚去鬼混。"

次日，朱若霖正和魏氏闲谈，忽门房传报，雪门和尚来拜。朱若霖笑道："这老和尚认真要我施舍爱子了。"魏氏道："老爷犯不着去见他，他是个出家人，公然出入官衙，已是不安分。老爷去见他，只怕于官声有碍。"

朱若霖摇头道："这个和尚，素来不是出入官衙、不安分的人，见见他不要紧。你放心，我不会胡乱把儿子舍给和尚。"随说随走入客厅。

朱若霖虽不曾和雪门和尚见过面，心目中却早认定雪门和尚，是个有道德的高僧。来到客厅中，只见一个身高六尺以外的老和尚，须眉白得如银似雪，手腕上悬着一串念珠，合掌立在下面，真是一个活泼泼的知觉罗汉。朱若霖不由得发生一种敬爱之心，趋前拱手让坐。

和尚开口说道："老爷今日肯见和尚，即是与和尚有缘。和尚在风尘中物色三十余年，实不曾见有如公子这般有夙慧的人。昨日一见之下，和尚心里实在有些放他不过，当今天下大乱（当时人心目中，只知有中国，中国大乱即谓天下大乱），专读书不懂武事的人，不但不能替朝廷出力，并且不能自保身家。和尚有上可以卫国、下可以保家的技艺，非公子这般有夙慧的人，不能传授，只要专攻三年，必有大效。老爷爱公子，必望公子成个经天纬地的人物，这机缘不可错过！"

朱若霖想了一想，问道："师父教小儿去报恩寺住着，学习三年么？"和尚点头道："虽是在报恩寺住着，与府衙相近，却不能时常回来。除三节两寿期可令公子回府，尽人子之礼外，不宜出寺门一步，致荒废学业。"朱若霖听了，忽然立起身来，向和尚深深作了一个揖道："我即将小儿交给师父了，听凭师父教训，我不过问。"和尚也起身合掌答礼。

朱若霖随入内室，用了无数言语向魏氏解释。魏氏虽不愿意，但因府衙离报恩寺不远，见面容易，并且儿子不能和女儿一样，终年关在闺房里，总得有出外就学的时候，遂也说不出不肯的话来。从此，朱镇岳就在报恩寺，跟着雪门和尚学卫国保家的技艺去了。

朱镇岳跟着雪门和尚到报恩寺，雪门和尚早已预备了一间静室给朱镇岳住。先教朱镇岳做了三个月内功，随后拿出一把檀木剑来，教朱镇岳击刺。寒暑不辍地练了三年，才拿出把三尺长的钢剑，给朱镇岳道："你的功夫已经上身了，这把剑是我专炼了给你的，还不曾开口，剑口是须用剑的本人亲自磨开的，用时才能合手。明日的干支是庚申，正好磨剑。你今晚将身体沐浴干净，我书房里有座胆瓶，瓶内是龙泉井的水。你等到天一交子时，向西方叩齿四十九通，将磨剑咒语默念一遍，然后以剑蘸泉水向石鼓上，以意会神，以神摄气，磨一遍，试击一遍，以圆活称手为度。这剑我炼了十年，一百斤马蹄铁才炼成十两，加以十两乌金、十两银屑，才炼成这十五两重的剑。虽不能与古时的莫邪、干将比锋利，然在今时，只怕遍中国也找不出第二把这么刚柔相济的剑来。”说时，遂将磨剑的咒语传授了朱镇岳。

朱镇岳一一默记了，退后抽出那剑来一看，觉得比寻常用的檀木剑，轻了几倍，剑锋约有二尺三四寸长，一面有两条血槽，一面只有一条血槽。虽是不曾开口，却青光耀目，望去已像是很锋利的样子。心中高兴，不觉展开手足，试击两下，耳边便闻得风声如裂帛一般。心中有些诧异，暗想：用了三年木剑，击刺起来，虽也时常闻得风响，却不曾听过这么裂帛一般的声音，这剑果是可宝贵的东西。

朱镇岳心中正在疑惑，雪门和尚已背操着手，一步一步地闲踱进来，望着朱镇岳笑道：“你正使得得劲，怎的忽然停了呢?”朱镇岳提剑说道：“弟子因闻得风声作怪，一时惊得停了手脚。”

雪门和尚哈哈笑道：“你这时才知道我专给木剑你使的好处么?你使的木剑，最重的有十几斤，你能使得圆活自如，今一旦使这一斤多重的钢剑，自然比寻常要灵捷几倍，剑锋走得快几倍，破空的声音自然也跟着大几倍了。你此时试拿这剑，使出撒手刺的手法来看看，那脱手时的声音比响箭还大呢。”

朱镇岳问道：“既是响声有这么大，那么敌人闻声躲闪，不是很容易的吗?”

雪门和尚大笑道：“教敌人躲闪得了，还能算是剑术吗？你须知箭因有响声，容易躲闪，不能与剑作一例看承。箭的响声是由羽毛上发出来的，故响声虽大，速度却不曾快到十分；并且来势太远，所以躲闪不难。这剑术的撒手刺，谈何容易！功夫不到绝顶，哪能撒得出手，即出手又何能成声？岂是如射箭一般，无论什么人，都能射得呼呼地响吗？你想，剑锋能破空作响，须行得何等迅速。被杀的人，及至闻到响声，已是洞胸断颈了。莫说躲闪，能看得出剑光的，这人的功夫就不差了。”朱镇岳这夜依着雪门和尚的话，将剑磨开了。

次日，雪门和尚教朱镇岳，在大殿上当面使了一会儿，欣然笑道：“我的衣钵有了传人了！但是还须三个月工夫。你此刻就归府衙去，禀知父母说，我明日即带你出外游行，三个月后，便功行圆满了。”

朱镇岳问道：“师父将带弟子，游行些什么所在呢？恐怕家父母要问，回答不出，两位老人不放心。”雪门和尚点头道：“你问得不差，但游行的所在，我也不能预定，大概不至出陕西境界。你对父母只说游大华山就得哪！”朱镇岳连声应是。回到府衙，将话禀知了朱若霖夫妇。

魏氏因儿子离开惯了，此时虽听说要跟着师父远游，却已不似三年前的难分难舍了。朱镇岳自从进报恩寺以来，即不曾在府衙中住过一夜，因雪门和尚怕他住在家中，耽误了功课，所以总是限定时刻，不许久留。朱若霖也绝不姑息，有时还催着朱镇岳回报恩寺去。

朱镇岳归府衙禀明了言语，当日回报恩寺中。雪门和尚拿出一个小皮箧来，给朱镇岳道：“这皮箧里面，是我少时用的一副软甲、一副钢甲，于今我也用它不着了，传给你好生珍藏。不遇大敌时不必用，有它在身边，足抵一个好帮手，不要轻轻看过了。”说时，随手将皮箧揭开，取出那副软甲来，一手提着领口抖开来，像个很轻松的样子。

朱镇岳见那颜色漆黑透亮，看不出是什么材料制成的，伸手接过来，着手又轻又软。前胸后背鼓起来有一寸多厚，只是用力按去，不过三四分，也看不出里边塞的是什么。

雪门和尚笑道："你可知道这副软甲的好处么?"朱镇岳道："弟子并看不出是什么东西制成的，怎能知道它的好处?"雪门和尚道："表里都是从野蚕身上剖出丝来，织成片子，所以能伸能缩，经力最牢。海边的渔人，每用野蚕丝作钓大鱼的钓丝，一根单丝能钓百多斤的鱼，这种丝是极宝贵的。这里面塞的是极细的头发，将这甲悬在树上，尽管用鸟枪，贯上丸子，向甲上打去，丸子都嵌在甲里，透不过去。刀剑是任凭如何锋利，决不能伤损它分毫。我为得这副甲，几乎送了性命。"

不知雪门和尚得这甲时，为何几乎送了性命?且俟下回再写。

忆凤楼主评曰：

雪门和尚与朱镇岳，殆有夙缘者，不则何以一见即欲录之门下?而朱镇岳亦幸而遇雪门和尚，得能传其绝艺，成为一代大侠；不则为禄蠹，为书呆。朱镇岳之所以为朱镇岳，亦正未可知耳。

朱若霖一闻雪门和尚之言，即肯以爱子托之，自是解人，非一般风尘俗吏可比。

写磨剑一节，曲尽个中之秘。所谓以意会神，以神摄气云云者，直于此道已三折肱矣。彼寻常一般小说家，又乌能知之耶?

剑响与箭响不同一段高论，亦能发人所未发，断非不知武术者所能道其只字。

朱镇岳既得宝剑，又得宝甲，踌躇满志，弥足自豪，我亦为之美煞矣！入钢甲、软甲事，所以开发下文。

第四回

轻身术飘风落叶
金钱镖打草惊蛇

话说朱镇岳听了雪门和尚这番话，不禁诧异问道："师父得这甲，怎的几乎送了性命呢？"雪门和尚笑道："这副甲原是你祖师爷的。你祖师爷姓毕，讳南山，原籍是甘肃凉州人。只是从十二岁以后，便辞了原籍，在蒙古二十多年，练就一身出神入化的本领。这副甲在祖师爷手中，费了将近十年的心力，才制造成功。祖师爷教了三个徒弟，一个广西人，姓田，名广胜；一个江苏人，姓周，名发廷；第三个就是我了。周发廷的本领在我之上，田广胜和我是兄弟手，没有高低。但是祖师爷因周发廷心思太深，不及我和老田坦率，便不大喜欢周发廷。

"祖师爷临终的时候，因为没有儿子，只得将平生应用的物件，分给我等三个徒弟。宝剑传给田广胜，这副软甲传给我，一葫芦丹药传给周发廷。周发廷心里想得软甲，见没传给他，已是不大愿意，只是敢怒不敢言。而祖师爷将丹药传给周发廷之后，背地又传给我和老田两人。周发廷知道，更是怒不可遏，只等祖师爷一咽了气，便仗着他本领高强，硬向我要借软甲应用。我知道他早已不怀好意，祖师爷将软甲传给我的时候，我随即穿在衣里，他向我借，我自然不能答应。他开口就骂祖师爷偏心，老田在旁听了不服，以大义责他，三言两语不合，他和老田先动起手来。我上前劝架，他猛不防向我迎头一剑，我来不及退避，只将头一偏，剑着肩上；幸得有软甲挡护，剑锋如斫在棉絮上一般。周发廷心里一惊，知道我已披上这软甲护身，不能伤损，他自己本领虽高，毕竟怕敌不了我和老田两个，当时跳出圈子，独自气冲冲地去了。

“后来，他又用种种方法，想来偷盗这甲，奈我日夜穿在身上，不曾卸下片刻，他非得将我刺死，无论如何也不能将我这甲取去。他为这甲，直跟着我半年，明劫暗偷，至少也有五十次，好容易才过了这个难关。周发廷见我防范得严密，不能得手，就把念头转到田广胜的宝剑上面去了。谁知田广胜也久已提心防备，收藏的地方，除了老田自己，谁也不能知道。周发廷去偷了几次，没有偷着，倒也罢了，每次都给老田看见了。

“第一次去老田家的时候，老田正在登坑，忽听得风声响，知道是同道中人来了，却没想到是周发廷。悄悄地跟着风声赶去，周发廷正倒挂在房檐上，探头探脑地向老田睡房探望，蓦然从脑后拔出剑来，施展‘鸽子钻天’的身法，向窗孔里飘然而进。老田心想：这厮若是好意地来拜访，就用不着先拔剑，后进房。这必是我们同道中人，途中缺少了盘缠，见这所房屋高大，料定必是富厚之家，打算顺便借些盘缠的，却不知道误撞到同道的家里来了。心里这样想着，耳里仔细听着那着地的声音，不觉吃了一惊。暗想：这厮的本领不小，简直如风飘落叶一般，绝无声息，且用一个打草惊蛇的法子，吓他一吓，看他怎样。

“老田有种绝技，是我和周发廷赶不上的，最会使一手好金钱镖，能连珠不断地发一百下，打二百步以外；并且能后镖接前镖，镖镖相撞，迸出火星来。他这本领，就是祖师爷也输他一着。因老田生成的一双眼睛，能于黑夜分辨五色，谁也不能及他那般目力。

所以金钱镖这种暗器，虽在剑侠中不过是一种玩意儿，只是没他那般目力，也决不能练到那么神化。当下，老田既不知道就是周发廷，打算吓他一吓，却又不愿无故伤了同道的性命，随手掏了一把金钱镖，约莫有二三十个，朝着周发廷的脚后跟打去。

“镖才出手，周发廷已觉背后有人暗算，向前一蹿，回过头来。及至老田看出是周发廷来，第二三镖已接连向周发廷的后腿打出去，收不回来了。周发廷腿上着了一镖，气得大吼一声，一拧身，早已到了房上，开口骂道：‘田广胜，好小子！竟暗算起我来了，等我来收拾你的性命！’旋说旋动手，朝老田杀来。老田忙闪开，辩道：‘委实不知道是师兄来了，望师兄恕我冒昧之罪。’周发廷骂道：‘放屁，第一镖可由你说不知道，我已回头开了声，你为什么还只管接二连三地打来？你那双狗眼，黑夜能辨五色，谁也知道，偏看不出是我来吗？眼里没有我这师兄也罢，要我饶恕你么，除非立刻将师父传给你的那把宝剑，双手送给我，我看着宝剑份儿上，便不和你计较这一镖的事。’

“老田听了大笑道：‘啊，师兄赐临，原来是为宝剑，怪道黑夜从房上进来！宝剑送给师兄也可行，但是我得问师兄一句话，师兄得实说。’周发廷道：‘你问什么话，我一概实说，决不瞒你。’老田就笑道：‘师兄的软甲，已经到手了没有呢？’周发廷见问这话，不觉红了脸，半晌才答道：‘此时还不曾到手，不过随时要甲，可以随时去拿，你问它干什么哩！’老田道：‘宝剑和软甲，一样是师父传下来的，你且等软甲到了手，再来我这里拿宝剑。软甲不曾到手，宝剑也是不能送给你的。’

“周发廷一听这话，哪里忍得住气呢？当时也回不出什么话，挥剑就在房上和老田动起手来。老田赤手空拳，如何肯与他认真角斗哩！一连退让几步，喝住说道：‘我们兄弟犯不着因一把剑，伤了多年和气。你不用动手，听我说一句话。’周发廷怒气不息地拿剑尖指着老田道：‘有话快说，你有意逼着我伤和气，不与我相干。快说，快说！’老田从容笑道：‘我们三个人，同跟着师父学剑，而造诣只你一个人深远，心思也只你一个人灵活。师父因你的本领了不得，用不着软甲和宝剑帮助……’

“周发廷不听提起师父还可，一听说师父，那气就更大了。连说：‘放屁，放屁！世上哪有这么偏心的师父？软甲、宝剑传给你们两个，我倒不气；他不应再背着我，将丹药也传给你们，这气我实在受不了。我一天留着性命在此，决不和你们甘休！’

“周发廷正在痛骂，一转眼不见了老田，忙住了口。举眼四望，只见夜色苍茫，并不知老田从何时溜跑了。暗想：不妙！田广胜是一双狗眼，他若躲在黑暗处计算我，防不胜防。并且他已有了防范，今晚已眼见得不成功了。想罢，飞身就跑。老田果躲在暗处，看得明白，跑出来喊道：‘师兄好走，我不远送了。’周发廷听得，更是气愤，打算回头再与老田比拼。转念老田是个很聪明的人，他知打我不过，必不肯和我较量。他在黑夜中东藏西躲，我也弄不过他，不如等他没有防备的时候再来。遂忍气吞声地走了。

“过了几夜，又到老田家，又被老田看见了。一连七八次都不曾得手，才赌气回江苏无锡县原籍，卖药治病去了。多年不得他的消息，也不知他的境况如何。

“这副钢甲是一个蒙古人的，那蒙古人也会剑术，闻我的名，要和我比较。他也是想得我的软甲，就拿这副钢甲，和我的软甲做比赛的东西，谁胜了谁得。一动手，蒙古人就输了，这副钢甲便到了我的手里。这钢甲的好处，比软甲不差什么，不过软甲可随时穿在衣内，钢甲非到遇敌时，穿着它不像个模样。你都好生收藏着，日后自多用处。”

朱镇岳喜不自胜地将软甲叠好，提出钢甲来展玩了一会儿，见甲上刀痕如蛛网。雪门和尚指着刀痕笑道："那蒙古人身经百战，做梦也没想到败在我手里，将护身钢甲输掉。你此时可将软甲穿在贴肉处，钢甲收藏起来，明日即可动身出游了。"

不知出游时究竟遇见些什么事，且俟下回再写。

忆凤楼主评曰：

因钢甲、软甲，而述及雪门和尚之来历、雪门和尚之同门，此回叙法也，行文者不可不知。

毕南山之分遗物，未免略存厚薄之心，宜周发廷之愤愤不平矣！此后许多争端，皆由此而起也。

善轻身术者，如飘风落叶；擅金钱镖者，能打草惊蛇，皆足为我国武术界生色矣！毕门多贤，于斯可见。

周发廷虽身负绝艺，高出侪辈之上，其如田广胜之具有狗眼，能于黑夜窥人何？愤而遁去，宜也！

软甲之外复有钢甲，可谓无独有偶，一旦并归雪门和尚，复传之于朱镇岳，深为庆得所。特彼蒙古之武士，身经百战之余，偶尔败衄，遽将此珍同性命之钢甲失去，不知何以为情耳。

下文接叙出游事，为本书正文之开始。

第五回

揭秘幕细述江湖事
仗内功狂走荆棘丛

话说朱镇岳依了他师父的吩咐，将软甲穿在贴肉处，外面披着长衫，当夜检点应用的物件，做一包袱捆好。次日早起，雪门和尚向朱镇岳说道："我们学剑的人，第一是要耐得劳苦。你是一个公子爷出身，体质脆弱，经不起风霜，剑术虽然学成了，只是精力有限，纵有行侠仗义的心思，每因精力不佳，或道路太远，或事情太繁，便不能鼓起兴致去干，便失去了我们剑侠的身份。所以能耐劳苦，是我们当剑侠的第一要务。

"平常我们同道中人，传授徒弟，本来都是从拜师这日起，一年之内，专一打柴挑水，做种种劳力的生活，第二年才以内功辅助外功，第三年内外功都有八成，方传授剑术，一成即能离师独立。我因你不比他人，而内功既成，外功本属容易，所以另换一种传授之法。你现在外功虽欠些功夫，内功却已圆满，我从今日起，带你游山一月，风餐露宿，就是想完成你的外功，并可借此练练你的胆气。丛山叠岭之中，莫说奇才异能之士，隐居的不少，就是毒蛇猛兽，动辄食人的，也随处可以遇着。若教你一个人去，我有些放心不下。不是怕你的本领不够，因你年纪太轻，太没经验，略不谨慎，便弄出大乱事来，不是当要的。"

朱镇岳问道："既是不愁弟子的本领不够，却为什么又怕弄乱事来呢?"

雪门和尚笑道："你哪里知道深山大泽，实生龙蛇，好容易说到本领二字? 我说不愁本领不够的话，是对于毒蛇猛兽的说法。至于山林隐逸之士，你哪里说得上本领? 我自从主持这报恩寺，与同道中人少有来往，我们当剑客的，先论交情，后论本领。江湖上没有交情，任凭你本事齐天，也终有失脚的这一日；但全恃交情，自己本领不济，在江湖上也行不过去。你此时的本领，在剑客中虽算不得上等，只是也不在一般人之下。就是交情两字，太仄狭了些，除了你自己父母之外，认得的就只一个我。我这回带你出外游览，用意便是引你在交情上做些功夫。

"你要知道，我们同道的人最重交情，不但和自己有交情的人，不肯随意翻脸；就是这人和我的朋友有交情，相见的时候，只要提起朋友的名字，都得另眼相看。有能帮忙的地方，就得略费心力，替他帮忙。若是真和自己有交情的，哪怕拼着性命去帮助他，也说不得。你看交情两字，在我们同道中何等贵重!"

朱镇岳喜笑道："弟子正怀疑，师父带弟子出外游览，没有一定的主意，哪能有一定的趋向呢，不是乱跑一阵子吗? 师父这样说起来，弟子才知道这次出游，是重要得很了。"

雪门和尚点头笑道："不重要，我也不陪着你去了。平常当剑客的人，交情都是自己打出来的，所以有'不打不相识'的话。你的身份比别人不同，不是我心存势利，我一个出家人无端多管闲事，从你父母手中将你要了过来，你身上只要有一根毛发受损，我就对不起你父母。你的本领便比今日再高十倍，我也不放心教你一个人去。等过这次出游之后，我就可以卸却仔肩了。

"我本打算带你去刘家坡，见了刘黑子，再到石门山苏家河一带，会几个二十年前的老友。陈仓山、天台山的几个大镖师，从石门回头才去会他们。因为去刘家坡，须走一个地方经过，那地方的名字太不吉利，只得改了途径，先去陈仓、天台，再去九郎山、朱砂岭，走甘谷沟到刘家坡，不从那不吉利的地方经过。”

朱镇岳笑问道：“那地方名叫什么，有什么不吉利呢？”

雪门和尚笑道：“那地名无论是谁也得忌讳，不知是何人取的这个名字，那地名叫‘鬼门关’，你看可恶不可恶？”

朱镇岳笑道：“这名字果是不好。刘黑子是何等人物，必须去看他哩？”

雪门和尚笑道：“说刘黑子这人，本领真是了不得，他的门徒，可以说是遍天下。他少时原是一个无所不为的无赖汉，三十岁才遇一个得道的高僧，传他的剑术。因他身体瘦小，人都称他作‘刘黑子’。他不但剑术好到绝顶，内功也无人及得，有他一封信或一张名刺，无论走到什么地方，绝不会有人为难他，这个人是不能不去拜会的。就是那些镖师的面子也很大，住在与河南交界的几个水陆两道的镖师，更是名头高大，他们的名声，全不是从武艺上得来的。交情越宽广，名声越高大，哪怕这人的本领极平常，只要他的师父或父亲是个老江湖，他一般地到处扯着顺风旗。没有人去难为他，或有时遇着新上跳板的伙计，给他下不去，把他的镖劫了；他有他师父或父亲这点面子，只拣这码头上几个有面子的绿林人物，拜望一回，叙一叙旧交，包管分文不动地将镖送回。江湖上若不是讲这一点交情、这一点义气，谁也吃不了这碗镖行的饭。

“你此刻的本领，很够得上和江湖人讲交情了。第一你占着一门江湖上人，都赶不上的本领，又是一个公子爷出身，人家都说江湖上人只知道信义，不知道势力，这是完全不懂江湖的话。江湖上人最喜欢讲的就是势力，不过他们有种极普遍的脾气，遇着有势力又有本领的人，心里是十分想结纳，面子上却是不肯显出殷勤纳交的样子来。是什么缘故呢？因为他们存心以为自己是个粗人，恐怕这有势力的人瞧他不起，他若先显出殷勤纳交的样子来，万一有势力的人，竟不愿和他做朋友，给他一个冷森森的面孔，他就失悔也来不及了。同道中谈论起来，都得骂他没有骨气。所以江湖上人，从没有先存心和有势力人订交的。总得有势力的人，略去名分，与他们结交。这种举动成了江湖上的定例，因此，人家都说江湖上人是不知道势力的，这话何尝说透了江湖？”

朱镇岳问道：“弟子占了一门什么本领，是江湖上人赶不上的呢？”

雪门和尚用手做出提笔写字的样子，笑道：“你占的就是这门本领，江湖上懂文墨的，虽不能说没有，只是一百人中间，至多不过十来人；这十来人，也只能说粗通文字。至于真有才华，能像你这样的，我闯荡江湖几十年，实不曾遇着一个。这门本领，不但江湖上人敬重，就是我们同道中也是很推重的。有了这门本领，无论在什么地方，总占上风。”

朱镇岳听了这话，心中自是欢喜。他的行装昨夜已收束停当，雪门和尚只换了一双芒鞋，腰间系了一个朱漆葫芦，手中提了一支禅杖，此外一无所有。师徒二人即日离了报恩寺，徒步向陈仓山出发。

从西安到陈仓山，若是一坦平阳的道路，不过二百多里。只因山岭重叠，高高低低，弯弯曲曲，算起途程来，虽仍不到四百里，但是平常人步行，总得五日才能走到。雪门和尚和朱镇岳若施展他们剑客的本领，这三四百里路程，哪用得许多时间行走？只是师徒二人随处流连山水，有时尚在日中，便投宿不走了。走了三日，才到武功。

雪门和尚说道："这三日走的都是官道，从明日起，却要走小路到郿县，由郿县穿过高店，由高店到陈仓山。若是照着驿站走，得走扶风、凤翔、宝鸡，再到凤县，折转来方到陈仓。路的远近不问，终日在官道上走，有什么好处呢？从郡县去陈仓，一过了高店，就完全是在重山叠岭的荆棘丛中去寻道路。"

朱镇岳喜道："弟子正疑心走了三日，都是在大道上，跟随着一般挑担子、背包袱的商人行走，一些儿趣味也没有。像这样便走一辈子，于外功也没有什么进境。"

雪门和尚笑道："你此时是这么说，只怕一走山路，不到两日，就要叫苦了呢。"

朱镇岳摇头道："弟子决不叫苦。"

雪门和尚哈哈笑道："但愿你能不叫苦。"师徒二人说笑了一会儿，这夜在武功歇了。

次日天才黎明，二人即离了武功。雪门和尚这日走路，却不似前三日的从容了，拖着那支禅杖，两脚和有什么东西托着一般，向前如飞地走去。朱镇岳跟在后面，看和尚两脚踏在灰尘上，只微微地有些儿迹印。暗想：人走路越是走得迅速，灰尘越是起得很高，怎的他老人家走得这般快，不蹴起一点儿尘灰来呢？可见得他老人家的本领，我还是不曾完全得着。心中一边想，一边施展自己的功夫，尽力追赶。看看地越离越远了，朱镇岳少年气盛，只是要强，不肯叫出"师父慢走"的话。虽累得一身大汗，仍鼓着勇气拼命地追赶。

略一转眼，已不见和尚的踪影了，朱镇岳心里一急，两脚更快得如飞。直追了半个时辰，才远远地望见前面一株大树底下，坐着一个人，在那里打盹儿。定睛一看，正是追赶不上的师父。朱镇岳见追着了，心里才略安了些儿，走到跟前，身不由己地就坐下来了。

雪门和尚睁眼一看，打了一个呵欠，笑道："来了么？我们又走吧。"说罢，立起身来。

朱镇岳气还不曾喘匀，哪能又是那么飞跑？只得用那可怜的眼光，望着和尚说道："师父已歇息了这么久，弟子还不曾歇息，并且口渴得十分难受。请师父多坐一坐，弟子去寻一点儿水喝，喘匀了气再走。"

雪门和尚道："这里的凉水不能喝，再走一会儿，寻个人家，讨一杯茶给你喝。"朱镇岳望着雪门和尚，待说话，又忍住了。雪门和尚问道："你有什么话要说，尽管说呢，为何要说又停住哩？"

朱镇岳嘴唇动了两动，仍是不说。爬起了，紧了一紧包袱，问道："师父知道前面有人家可讨茶喝吗？"雪门和尚笑道："讨杯茶喝的人家，哪里没有？"朱镇岳道："这回弟子要在前面走，使得么？"和尚道："这有何使不得！"原来朱镇岳实在有些走乏了，心中打算要和师父慢些儿走。他是要强的人，又说不出口，因此只得要在前面走，免得追赶不上。

二人又走了一会儿，渐渐走上了山路，尽是些鹅卵石子，圆滑异常，上前一步，得退后半步。朱镇岳身上的包袱，起初背着不觉得很重，此时走得力乏了，便觉越驮越重起来。又遇着这上山的小路，再加上这些圆滑不受力的鹅卵石子，只走得朱镇岳弯腰曲背的，连气都接不上了。回头看雪门和尚，仍是和没事人一般，神闲气静的，反将禅杖挑在肩上，并不用禅杖扶手，比寻常行路倒显得安逸些。忍不住随地坐下来问道："师父到底练的是哪种功夫，能这么走得路，为何不早些传授给我呢？"

雪门和尚道："我素喜在运气的功夫上用力，刚才走路，也是运气的功夫。我们学道的人成功之后，各人总有一两门绝技，无人赶得上。就是这性情相近的道理，不能勉强的，连自己都不知其所以然，这种绝技，无论如何是不能传授给人的。你此后专攻十年八载，所成的绝技，便是我也赶不上，也做不到。你不要因此就以为自己的功夫不济，以为我没有把功夫尽行传授给你。我此时的气功，非是我夸口，不但周发廷、田广胜二人不及，便是你祖师爷，也不到这一步。”

朱镇岳听得，心里才高兴了，一时鼓动起兴来，立起身又向山上走。这时举步却不似刚才那般艰苦了，一则因坐下来休息了片刻，一则听了师父的话，把先时懊丧的念头扬开了。

走过了山峰，在山腰里寻着一所茅屋，朱镇岳进去，讨了杯茶喝了。下山走不到十来里路，就是鄘县了。在鄘县用了午膳，雪门和尚从外面，提了一个很大的纸包儿进来，交给朱镇岳道：“你将这东西裹在包袱里，到明日就用得着它了。”

朱镇岳接在手中，掂了两掂，约有四五斤重，捻去像是很软，忙问：“这里面包的什么？”

雪门和尚道：“这是我们同道中人用的干粮，与行军用的大不相同，这一包干粮，够我师徒二人充饥一月。这一包共是五斤，无论多大食量的人，每日有二两，决不会犯饥。”

不知这种干粮，到底是什么东西制成的，且俟下回再写。

忆凤楼主评曰：

朱镇岳学艺三年，内功已臻美善。雪门和尚复导之出游，使完成其外功。苦心孤诣，至不可得。得师如此，朱镇岳又安得而不大成耶？

“先论交情，后论本领”二语，最能得江湖中之真相。作者特借雪门师徒之谈话，一为表出，复不惮辞费而引申之，盖亦欲读者未深读此书以前，先将江湖中之情形，一瞭然于胸耳。

江湖豪客，亦惟是势力所趋，我欲为之浩叹！然非有势力者，略去身份，先与纳交，彼终将掉首不顾。是则差强人意，而江湖豪客之所以为江湖豪客，终有异于常人耳。

雪门师攀山越岭，步履如飞；朱镇岳奋力追随，尚瞠乎其后，健哉此老，其地行仙欤？而作者写此节时，弥极酣畅淋漓之致，笔锋之健，亦正不让此老也。

第六回

雪门师荒村访旧
冲天炮闹市行凶

话说朱镇岳听了这话，便问道："这是什么东西制成的，吃下这么饱肚，可解开来瞧瞧么?"雪门和尚笑道："有甚不可解开来瞧，这种干粮是不容易制成的，不是我们同道中人，也制不出；不是我们同道中人，也买不着。"

朱镇岳随即将纸包解开，见酒杯大小一个，和淡黄色的馍馍相似的，里面约莫有四十来个，也看不出是什么食料制成的。雪门和尚指着一个说道："你瞧了只这么大一个，吃下肚里去，还不能喝水呢！喝了水，就得发胀，肚子都得胀痛。不喝水由它慢慢儿消化，一个对时以内，自然不觉得腹中饥饿。但是若喝下水去，一两个时辰以内，便觉得腹内涨闷得难过；经四五个时辰，就消化完了，腹中就觉得饥饿了。"

朱镇岳道："整天地不喝水，不会口渴吗?"

雪门和尚道："这却不会，吃这干粮之前，只须略喝些水，吃下去，即不会有十分觉着口渴的时候。若没有这宗好处，也不是贵重的东西了。这干粮有两种，一种荤的，一种素的，素的不及荤的能耐久。这里面荤素都有，我能服气，三五天不吃什么，也不觉饥，才能吃这素的；你此时还只能吃荤。荤干粮中最主要的食料，就是黄牛肉，素干粮是黄豆。”

朱镇岳拿了一个，送往鼻端嗅了一嗅说道：“怎么一些儿气味也没有？并且一般的颜色，一般的大小，从何分得出荤素来呢？”

雪门和尚道：“好处正在没一些儿气味，若有气味，便有能吃不能吃了，并且凡是有气味的食物，多不能持久；天气一热，不到几日，即朽坏不能吃了。荤素很容易分别，你仔细看上边，有两颗牙齿印的便是荤的，没牙齿印的便是素的。”

朱镇岳听了，觉得奇怪，仔细一看，果然一大半上边有牙齿印的，不由得笑问道：“怎么分别荤素，却用这么一个使人恶心的记号，不是稀奇得太厉害了吗?”

雪门和尚笑道：“这是江湖上的古话，说起来没有凭据的，但一般同道的都是这么说，以讹传讹的，传了两千多年了。我也只好说是这么一个来历。我报恩寺的观音殿旁边，不是有一座小小的龛子吗？那龛里的神像，就是我们剑客的始祖崆峒祖师，祖师是汉宣帝时候的人，制造这干粮的法子，是由祖师传下来的。相传当日系用一个模子制造，荤素都没有分别。崆峒祖师原是吃素的，有一次拿着一个荤的，往口里一咬，咬下去才知道，从此荤干粮上面，就永远留传这个齿痕了。”

朱镇岳笑问道：“崆峒祖师只咬下一个，应该只一个上面有齿痕，怎么几千年来，每个上面都有呢，这不是奇闻吗?”

雪门和尚笑道：“这本是荒诞无稽的话，我们也不必管它，只要知道有齿痕的是荤干粮就得哪！你且将它包裹起来，我们再走吧，今夜得赶到高店歇宿。从明日起，就得完全走山路了。”朱镇岳即将包袱打开，裹好了干粮，给了饭钱，于是师徒二人出门向高店进发。

从郿县到高店，虽是小路，险陡的山岭却少。因此朱镇岳不觉吃力，黄昏时候就到了高店。雪门和尚道：“我有个多年的老友住在这里，平常我也难到这里来，今日打这里经过，正好顺便去探望探望，但不知他近年来境况如何。”

朱镇岳道：“师父的老友，也是和师父同道的吗？”

雪门和尚摇头道：“他是一个打铁的人，姓周，行五，人家就叫他周老五。他虽是打铁出身，却有两种不可及处，第一是能孝母；次之，两膀有千多斤实力。他那力气是天生的，并不曾练过功夫，但是寻常三五十人，也近他不得。他小时候也曾读过书，不到十岁，他父亲便去世了，家里又贫寒，没钱给他从先生读书。他母亲因见他生成的神力，要他跟着一班武生习武，他既没有钱，即不能认真从师，只能一面替那些武生做做箭杆、背靶子的粗事，一面跟着练习。后来投考，居然被他进了武学。他那人却有一宗奇怪，天生他那么大的神力，武功件件来得，就只不能骑马。无论那马如何纯善，他骑在上面，马向前走一步，他的身子便向后仰一下；马向前走两三步，他身子便从马屁股上，一个跟头栽下来了。每次骑马，每次如此，再也学不会。这也是他命运不该发达，才有这种大缺陷，使他不能下场。如他没有这种缺陷，怎的做一辈子的铁匠呢？”

师徒二人旋说旋走，至此走进一所茅房，雪门和尚停了步说道：“这就是周老五的家了，你立在门外等一会儿，我先进去看他在不在家。”朱镇岳应着是。雪门和尚正待举步往门里走，就在这个当儿，不先不后的，从门里走出一个身躯高大的汉子，迎面见着雪门和尚，似乎有些吃惊的样子，随即双手一拱，哈哈笑道：“雪大哥，今日是一阵什么风，吹到这里来了？几年不见，见面几乎不认识了！”

雪门和尚也合掌哈哈笑道：“你倒还是几年前的模样，不露出一点儿老态来。”说笑时，随回头指着朱镇岳，给周老五介绍道，“这是小徒朱镇岳。”

朱镇岳走向前行礼，看周老五身穿蓝大布短衣，赤着双足，靸一双破烂的双梁布鞋；面皮黄中带黑，颔下没有髭须。虽是一个粗鲁人的气概，精神却较寻常人满足，一望就知道是一个富于膂力的人。一面举手和朱镇岳答礼，一面向朱镇岳遍身打量，即现出十分欢喜的样子，说道："大哥何时收了这么一个好徒弟？见面不用问功夫，只看这样好的模样儿，就知道是个魁尖的角色了，难得，难得！"

雪门和尚道："老弟不要过于夸奖了，好容易说是魁尖的角色？只求马马虎虎在江湖上混得过去，不给我现眼就得哪！"

周老五高高兴兴地把师徒二人请进了大门。雪门和尚见屋里没有打铁的器具了，问道："你的手艺歇业不做了吗？"

周老五直将二人引到自己的卧室内坐下，才长叹了一声答道："大哥快不要提我的手艺了，今夜住下来，慢慢地谈吧。这时才见面，阔别了好几年，要说的话多着呢！"周老五说着话，转身出房外去了。

雪门和尚向朱镇岳道："看他这房里的光景，可见他近年的景况，是很萧条的。"

朱镇岳点头答道："照这家里的情形看来，还好像是才遭了横事一般。"

雪门和尚道："你何以见得是才遭了横事哩？"

朱镇岳道："这房里的什物都乱糟糟的，上面堆积这么厚的灰尘，不是才遭的横事，怎的成这般样子？"

雪门和尚举眼向房中四处一望，点了点头道："不错，你看床底下两口木衣箱，那盖不是打破了吗？唉！这人的命运也就太不济了，一个素来安分的人，想不到竟有什么横事到他头上来。"

雪门和尚没说完，周老五已走了进来，听了这话，即开口问道："大哥已知我遭了横事吗？"

雪门和尚答道："我从何知道？不过看了你这房里的情形，是这么揣度罢了，果是遭了什么横事吗？"

周老五道："确是遭了横事，只是我这横事是我自寻烦恼，不能怪人。大哥与令徒都长途劳倦了，且等洗了脚，休息休息再说。"即有一个二十来岁的女子，立在房门外，探首进房，向周老五呼着爸爸道："水已打好在丹墀了。"周老五回头说道："铁儿，不进来向大伯请安吗？"

雪门和尚知道是周老五的女儿，即立起身说不敢当。铁儿已走进房门，叫了一声大伯，叩头下去。雪门和尚也合十鞠躬答礼。铁儿起身，向朱镇岳也福了一福。

周老五望着雪门和尚说道："我这次遭的横事，很亏了这个小丫头，若没有她，我此时还在牢里坐着，何能坐在这里陪大哥谈话呢？"

雪门和尚看这铁儿虽是穿着青布衣服，一双大足，眉目间英气逼人，倒很有大丈夫气概，容貌也极端庄，没一些儿小家女子态度。随笑着点头答道："我也用得着你刚才说的那几句话，不必问功夫，只要见了这模样，就知道是魁尖的角色了。"

周老五引师徒二人，到外面洗了脚，扑去了身上灰尘。铁儿已在厨房里弄好了饭菜，虽没有什么山珍海馐，像那些富贵人家宴客的排场，几样蔬菜却整治得十分可口。师徒二人又在旅行之中，但能吃得上肚，便觉得舒畅了。

饮食既毕，周老五仍陪师徒二人回卧室坐下，从容说道："我可将我所遭的横事，说给大哥听了。今年八月十四日，我因出外收账，走一家门口经过，听得里面有妇人号泣的声音，夹着又听得有男子殴打和怒骂的声音。当时以为是人家夫妻口角，我自己有事，也就懒得过问。刚要向前走，只见那妇人已哭着跑出门来了，我不由得就停住脚一看，那妇人年纪在三十岁左右，衣服虽是破旧，容貌并不粗恶，一面披散头发往门外跑，一面口中喊天，背后跟着一个男子，追赶出来。我看那男子的年纪不过二十来岁，生得凶眉恶眼，打着赤膊，一身火腿也似的皮肉，伸开两手要抓那妇人。那妇人向我跟前跑来，我正打算让路给她好跑，她却向我跪下，求我救命。我心想：男女的年纪相差太远，决不是夫妻。男女之间，既不是夫妻，哪有相打之理？

“我一时见得那妇人可怜，便上前一步，阻止那男子，举手劝道：‘老兄有什么事，尽好理论，她妇人家怎经得起老兄动手？’谁知那男子不识高低，见我阻住了他，即朝我两眼一瞪，恶狠狠地说道：‘我的家事不与外人相干，请你不要多管闲事，免得自讨烦恼。你去打听打听，我冲天炮可是好惹的？’我一听这话，更觉得事情有些蹊跷了，心里越不由得不管，便笑答道：‘我是外乡人，不知道老兄的名头，不要见怪！我生性喜欢多管闲事，今日的事我管定了。请问老兄，这妇人是老兄的什么人？有什么事，老兄定要给她过不去？’那男子也不回答，劈面就是一拳打来。我伸手接了他的拳头，笑道：‘这就是老兄的冲天炮么？已经领教过了。’随将手一松，他就栽了一个跟斗，爬起来就跑。我也懒得去追赶，回头看那妇人，吓得在一旁发抖，我就盘问他们闹事的原因。那妇人诉说出来，真是要把我气死了。”

不知这妇人究竟诉说些什么话，且俟下回再写。

忆凤楼主评曰：

一馍馍而能充饥三五日，其功实同辟谷仙丹，惜其制法今已失传，不然，当此米价腾贵之时，一为仿制，其加惠穷黎将何如？吾又安得起雪门师于地下，而一问之耶？

齿痕一语，颇近神话，然姑妄言之，亦惟姑妄听之。小说本以消闲，正不必龂龂推求其究竟耳。

周老五天生神力，艺亦超群，而竟不善骑，诚为毕生缺憾，其天之所以困之耶？抑天之所以全之欲。

于写周老五遭横事之前，先写其室中凄凉之状，闲闲而来，曲折有致，非善为小说者，决不能好整以暇乃尔。

冲天炮有名无实，煞自好笑，“此即为汝之冲天炮乎?”一言，洵属快人快语，当时冲天炮闻之，不知何以为情?

第七回

打痞棍大侠挥拳
劫贞孀恶徒肆虐

话说周老五说了这句话，雪门和尚便问道：“究竟是怎么一回事，这么可气?”

周老五长叹一声道：“近年人心之坏，真可算是坏到极处了。那妇人是混名‘冲天炮’的寡婶，二十二岁守节，遗腹生了一个儿子，想刻苦抚养成人，度过这下半世。今年儿子还只有八岁，那妇人全靠替人做针黹、洗衣裳，弄几文钱度日，并没有亲房叔伯可以帮助。那冲天炮虽是同宗，已是五服之外的侄儿。

“冲天炮年纪虽小，只是生性凶横无常，一望就使人知道是个不务正业的东西。平日结合着一班赌棍，赌输了就偷扒抢劫，无所不为。近来输得太多了，没法弥缝，就转起寡婶的念头来了。串通了一个坏蛋，做六十两银子，连娘带子，卖给那坏蛋作妾。那妇人既守了八年寡，如何肯由一个远房侄儿卖掉呢？自然是抵死的不依。

“冲天炮用甜蜜言语劝诱，凶恶手段威逼，都不成功。直延到那日，八月十四，冲天炮的节关实在不得过去，又跑到他寡婶家，挟个破釜沉舟之势，非逼着他寡婶依遵不可。几言不合，就抓着他寡婶打起来。打一会儿又放开手，问依不依他。寡婶见松了手，就拼命向门外逃跑，恰好不前不后的，遇着我打那门前经过。我将冲天炮打跑，她即把前后情形哭诉给我听。大哥是知道我的性格的，亲眼见了这种伤天害理的事，能忍得住不过问么?”

雪门和尚点头道：“这是自然不能不问，就是我也得管这闲事，后来怎么样哩?”

周老五笑道：“大哥猜，那冲天炮被我打得跑向哪里去了?”雪门和尚笑道：“我如何猜得着?”周老五道：“他也不知道我是谁，以为多来几个人，便可将我打翻了。我当时正立着和那妇人谈话，忽听得身后一声喊嚷。我回头一看，足有二十多个人，每人手中都抄着家伙；也有拿刀的，也有拿棍的，高高低低，长长短短，一窝蜂似的向我围裹拢来。我虽是不及大哥那么好的功夫，但凭着我两膀的实力，他们那一窝子脓包货，怎放在我眼里?

“我一看冲天炮在人丛中，手里挽着一个流星，却不敢向前，只推别人的背。我气上来了，放开喉咙，向他们一声吼，走头的几个，早吓得退了两步。我那时也有些怕打出人命来，干连着自己不好，不敢动手打他们；只伸开两膀，蹿入人丛中，一手将冲天炮提了起来，举在头上舞了两下，对那些人说道：‘你们谁敢动手，这就是榜样！你们不相信，我做个样子给你们看看。’我说罢，用力把冲天炮往空中一抛，足抛了两丈多高，落下来，我又一手接住。冲天炮只叫饶命。

“那些人见了，哪里还有一个人敢动手呢?狡猾的就偷着溜跑了，几个立在我跟前的，不敢溜跑，见冲天炮求饶，大家也向我作揖。我仍将冲天炮提在手中问道：‘要我饶你容易，但是我饶了你之后，你给我什么凭据，永远不再上你寡婶的门?’冲天炮哀告道：‘我如果再上这里来，你老人家尽管将我活活打死！’那几个帮打的汉子，也都齐声哀告说：‘冲天炮若敢再对他寡婶无礼，便是我等也不饶他。’

“大哥，你是知道我性格的，平生服软不服硬。见他们如此哀求，我的心肠就软下来了，立时把冲天炮放下地来。那小子还向我叩了一个头，我又告诫了他几句，他才爬起来，领着一班凶汉去了。

“我那日讨账很顺利，身边有几十两碎银子，当时望着那寡妇可怜，一个七八岁的小孩子，知道自己的娘，被人打出来了，也追了出来，揪着那寡妇哭泣。那么炎热的天气，我看那寡妇身上穿的一件蓝老布单衫，补丁叠补丁，比一件夹衫还要厚得多，下身的小衣也是如此。那小孩儿身上就更可怜了，用一块做米袋的麻布，围着腿和屁股；上身赤膊，一丝不挂。那小孩儿的模样，却生得很是可爱，齿白唇红，眉清目秀，全不像是穷家小户的儿子。并且我听他劝慰他母亲的话，竟和大人一般，说得有情有理。

“我就往怀中摸出银包来，拈了几块碎银子，大约有四五两轻重，交给那小孩子道：‘这点银子给你明天过节，买件新衣服穿穿。’那小孩儿真好，见我给他银子，连忙跪下来说道：‘你老人家救了我母亲，怎敢再受这银子！’那妇人也是这般说。我就说道：‘你收下来吧，我不是讲客气的人，这几两银子，我虽不是富人，却不在乎这一点。’那妇人还要推辞，那孩子便双手接着，泪眼婆娑地说道：‘请问你老人家贵姓？住在哪里？将来我长成了人，好报答你老人家的恩典。’我见他一个孩子能说出这种话来，心里又是爱他，又是替他难过，岂真有望他报答的心思？不过我也想知道那孩子的造就，便将姓名、住处说给他听了。

“我从那日回家，也没将这事放在心里。直到八月二十日，我一早起来，才就将大门打开。这时，小女铁儿还在刘黑子那里学武艺，不曾回家，家中只有我和一个多年帮我打铁的曹秃子，因此早起开铺门，打扫房屋，都得我亲自动手。那日我正将大门打开，只见那个小孩子靠大门立着，一见我的面，就双膝跪下来，叫了一声周老爹。接着流泪说道：‘我母亲被人抢去了。’这句话才说完，就掩面哭得不能成声了。我看那孩子身上，却穿了一件白大布单短衫，下身裤子也有了。

“我听得他说母亲被人抢去了，料知没有别人，必就是冲天炮。当下在大门外面，不好说话，即将那小孩儿拉进屋子，劝他止了啼哭。问他母亲被何人，在什么时候抢去了。他说道：‘昨夜，我母亲带着我睡了，也不知道睡了多久，大约已到了半夜，忽然听得外面有人敲门。我和母亲都从梦中惊醒，母亲教我睡着不要作声，她轻轻爬起来，下了床，从门缝往外张望。昨夜的月光很明亮，母亲看见外面立着一大堆的人，吓得不敢开门，退回床上，抱着我哭道：‘一定又是那个丧尽天良的东西，带人来逼迫我了。你不用害怕，我开门让他们进来，求他们放了你，你快去找寻周老爹，请周老爹来救我。’我母亲对我才说到这里，外面的门已敲得如雷一般响。那大门本来不大牢实，几下子便打破了。杨启成已带着一群拿刀枪的人，拥进了房。’

“我听了，就问那小孩儿，杨启成是谁？那小孩儿道：‘杨启成就是冲天炮，他们一进房，哪由我母亲分说？一齐动手，将我母亲用绳捆了。我见那情形，捆好了我母亲，必然就要捆我。我趁人多纷乱的时候，溜出大门就跑，在山上树林里躲到天亮，才一路逢人便问你老人家的住处。到这门口好一会儿了，因怕差错，不敢敲门。’我当时便向那小孩儿问道：‘你求我去救你母亲，但是你可知道，你母亲此刻被冲天炮，抢往什么所在去了呢？没有一个地名，教我从哪里下手去救？’那小孩儿说道：‘冲天炮家里，我曾去过，你老人家同我去他家，就可知道我母亲在什么所在了。’我听了，就忍不住好笑，这真是小孩子说的话！冲天炮既做了这种事，岂有坐在家中等人去找寻的道理？”

雪门和尚道："这事也是叫人难处，但是除了去冲天炮家追问，也就没有旁的道路可走了。"

周老五点头道："后来毕竟是在冲天炮家，才得了那寡妇的下落。原来冲天炮自八月十四日被我打服之后，他不甘心就那么罢手。知道我是个过路的人，不能时常跑去替他寡婶打抱不平，因此又勾一班凶恶的痞棍，竟于黑夜用强，将那寡妇抢去。大哥是不知道这高店乡下的风俗的，就是谋财害命，杀死了人，也照例没有官府来过问，那些痞棍还有什么忌惮呢？我知道那寡妇有些烈性，恐怕被逼不过，寻了短见，因此连早点都不敢吃，即跟着那孩子，跑到一个村庄里面。

"那小孩儿指着一所房屋向我说道：'杨启成就住在这房子里面。'我看那所房子很是不小，冲天炮既是个无赖，哪能住这么大的房子呢？遂问那小孩子道：'这房子是杨启成一家人住的吗？'那小孩儿道：'杨启成寄居在这里面，只有一间房子。'我问杨启成家里有多少人，小孩儿说就只杨启成一个。我心想，进去找杨启成，三言两语不合，说不定会动起手来，带着那小孩儿在身边不便，当下又回头将那小孩儿寄顿在一个偏僻的山岩里，吩咐他无论如何不要走动。

"我一个人走进那所房屋，跨进大门，就看见两旁横七竖八地堆了许多刀枪叉棍，却不见一个人。进了二门，才听得里面有许多人说笑的声音。我即高声咳了一咳，开口问道：'杨启成在里面吗？'话才说出，就像约好了似的，里面的人一齐应声而出，约莫有三五十个人，登时将我围在当中。我举眼看去，一个也不认识，并没冲天炮在内。人丛中有一个身躯高大的，睁开两只铜铃般的眼，向我喝问道：'你来找杨启成做什么？他的婶娘已嫁给我做老婆了，劝你安分些儿，赶紧回家去，不要多管闲事。我说的是好话，你若不听，管教你后悔也来不及。’请大哥说，我能受得了这般嘴脸么?”

雪门和尚笑道：“这般嘴脸，谁也受不了，你当下怎么说呢?”

不知周老五怎样回答，且俟下回再写。

忆凤楼主评曰：

杨寡妇未被冲天炮挟去以前，幸而得遇周老五，始免误落虎口，否则其结果正未可知。虽然天下妇女，类杨寡妇之处境者亦多矣，又安得如周老五其人者，出而一一拯救之哉!

冲天炮，炮其名，实则人耳。妙哉周老五，竟目之为真炮，挟之于手，舞之空中以御敌，而敌乃为之辟易；于是乎冲天炮之效用大著，而周老五亦宜可膺炮手之称。

当冲天炮率其徒党，蜂拥而来时，声势何其雄也。及夫炮舞空中，群伏肘下，又何不振乃尔?脓包货，脓包货，诚为若辈之定评矣!

杨寡妇之子，聪明伶俐，令人爱煞。当杨寡妇二次被劫时，非彼往告急于周老五，则杨寡妇且终堕于恶人之手。又非彼作周老五之向导，则恶人之巢穴将终不可觅，是则杨寡妇之得脱厄运，与其谓出周老五之赐，毋宁谓出自其子之赐耳。

第八回

雄威振时伏群奸
剑光飞处惊小侠

话说雪门和尚问了这句话，周老五便道："依得我的性格，他们是这种样子对付我，我就得动起手来，哪里还有和他们说话的工夫？无奈那时有几个原因，使我不能立时动手。一则没有得着那寡妇的下落，不能就是一打了事；二则冲天炮并不曾见面，和他们打不出一个结局来，反使冲天炮好闻风逃跑；三则他们的人也太多，并有几个很像是有功夫的在内。我一个人赤手空拳，万一打乏了，既没一个来助拳的人，又已深入他们的巢穴，想打出来却不容易。所以当时只得勉强按捺住火性，向那睁眼对我说话的人，拱拱手说道：'请教老兄尊姓大名？杨家守节的寡妇，老兄凭什么可以勒逼她做老婆，难道全不顾一些儿天理和国法吗？我看老兄也是一个汉子，犯不着做这种不当人子的事。'旁边即有个三十来岁的人答道：'你要问我们大哥的姓名吗？你立稳了脚听吧，他是刘黑子的首徒，有名的何大胆——何金亮便是。杨家寡妇自愿嫁给我大哥，不与你相干，你若定要多管闲事，管教你来时有路，去时无门，我们早安排着等你了！'

"我还不曾回答，就听得冲天炮的声音，在里面喊道：'诸位老哥们，不要多说闲话，动手做了他就完事。'我一听这话，哪里还忍得住呢？知道那何金亮是个为首的贼徒，刘黑子决没有这种无赖的徒弟。并且小女在刘黑子那里好几年了，从来没听他说过这名字，料定是个冒牌的。凡是冒牌的人，哪有真实本领？我就用那擒贼先擒王的手段，冲天炮话才说完，他们还迟疑不肯动手的时候，猛不防一伸手，便将那何金亮捞在手中。论武艺我是打不过人，若讲蛮力，谁也弄不过我。我一手才捞着他的臂膊，他就想施展他的几手毛拳，打算一下将我的手洗落。我如何肯容他施展？只把三个手指头一紧，已将他提起来，两脚离了地，便没着力处。我一换手，抓了他的腰带，举起来悬在空中，和那日举冲天炮一般。只是这何金亮毕竟比冲天炮强些，他手下的人，也不是冲天炮那日纠合的那一群脓包货。

“何金亮见我将他举起，并不害怕，高声向众人喊道：‘诸位兄弟，尽管动手，不用顾我。’何金亮一语才出，大家就真个动起手来。这一来，却把我弄苦了，何金亮练得一身好气功，锤打锥舂都不怕。他把几句话说完，就鼓着气，一声不言语，听凭我拿着东挡西架，总不开口。有时手脚忽然一弹，有时拳作一团，我一心想冲出重围，身上就受他们几下，也不作理会。只是地方太小，围了三五十人，又都存心要让我累乏。大哥请想，何金亮的身躯高大，足有一百五六十斤，又是那么乱弹乱动的，我的气力即便再大些，也有困乏的时候。冲了好一会儿，哪里冲得出呢？”

雪门和尚跺脚道：“你为何不将何金亮向外面用力抛去，好打出重围，再作计较呢？”

周老五叹道：“我那时心里不知怎的糊涂了，若是能照着大哥的话，早把何金亮抛出去，也不会弄得我精疲力竭，还受了几处重伤，才拼命打了出来。”

雪门和尚笑道：“当下竟被你打出来了吗？”

周老五道："若不打出来还了得，此刻哪有性命在这里陪大哥谈话？那时亏得有两个人，见我拿着何金亮当兵器，横冲直撞，恐怕把何金亮撞伤了，一拥上前；一个抢脚，一个抢手，死不肯放。我因占了双手，不好施展，只得将手一松。我手中丢了那一百五六十斤重的兵器，立即觉得身体灵动了，好在他们不曾将大门关上，又都没拿兵器，所以虽受了几处伤，还不至于跌倒。我打出之后，到山岩里寻找那小孩儿，幸得那小孩儿不曾走开。我只得将他带回家中，好再做计较。

"谁知冲天炮那种坏蛋，居然恶毒到了极处！破了一个寡妇的家还嫌不足，乘我被围困的时候，复统率一群恶棍，跑到我家中，将帮我打铁的曹秃子捆了，口中塞着一团棉絮，使他叫唤不出。到我这房里，翻箱倒箧，把我积聚的几百两银子和四季衣服，搜括得一干二净。

"我带着那小孩儿回家时，他们已经远走高飞了。我看了这情形，几乎气了个半死，当下只得将捆曹秃子的绳索解了，问共来了多少人，抢去了多久。曹秃子道，才来了十二三个人，手中都不曾带长大的兵器。因在白天，各人只带了一把尺来长的解腕尖刀；抢劫之后，都从后门逃走，此时大约还跑不到三四里路。

"我听了才逃去不久，哪能忍住不去追赶呢？便随手拖了一条木棍，也从后门追赶下去。好在他们只道我被困，打不出来；曹秃子已经捆倒了，必不会有人追赶，因此跑得不快。我追了六七里路，就见冲天炮率着一群恶棍，在前面缓缓地走。我追到切近，他们听得脚步响，一回头看见是我，哪里还顾得性命？都飞也似的往前跑，我也只得拼命地追赶。

"他们见我追赶得急，就分开来，四散奔逃。我心想：这些恶棍就追着了，也不中用，须追着冲天炮，事情方有着落。便紧一紧脚步，牢牢地盯着冲天炮追赶。冲天炮径向着自己家里跑，我也顾不得他们人多势大，又进了那个村庄。这一来，却险些儿把我性命，送在村子里了。

“我这日从大清早起来，水米不曾入口。第一次冲出重围，早已打得精疲力竭，身上的伤还在其次，来回跑了几十里，又气又急；肚中虽不觉得饥饿，只是身体疲乏极了。当时一鼓作气，也不暇顾及利害，追进了大门，心里才想起，我已这么疲乏，如何能再和他们交手，不是枉送了性命吗？立时就打算抽身退出来。谁知才回身走了几步，里面那班恶贼已追赶出来，便在大门外面一个草场里，又动起手来。我不曾施展几手，毕竟因为力乏，被他们打倒了。

“依冲天炮没天良的恶贼，就要动手将我打死。亏得何金亮不肯，七手八脚地把我捆绑起来，抬进里面一间四面不通风的房内，监强盗一般地监禁我。到了那时候，也只得听凭他们处置，闭眼合口，一声不作。若不是小女铁儿这日跑回家来，听了曹秃子的话。由那小孩儿带领前来救我，纵然我没有性命之忧，这时只怕还监禁在那房里，不能脱身呢！”

雪门和尚问道：“杨家的寡妇，救出来了没有？”

周老五点头笑道：“若不曾救出来，我就肯罢手吗？今日才将那寡妇母子安置妥当，就在我这隔壁租了两间房子，给他母子居住。那小孩儿定要给小女做徒弟，小女倒也喜爱他伶俐，情愿收他做个徒弟，替他取个名字叫杨天雄。现在定了每日早晚，跟小女练功夫。”

雪门和尚喜笑道：“我看这个徒弟，将来练成功，一定是不凡的。我且问你，你那日被冲天炮一班人，抢劫去了的银钱和衣服，都夺回了么？杨家寡妇，你们怎生救出来的？冲天炮、何金亮等一帮恶棍，此时怎样了？你都不曾说出来，痛快的话一概不说，真叫我纳闷得很！”

周老五笑道：“我那日打也打得乏了，此时说也说得乏了。我想大哥和令徒长途跋涉，也很劳倦，应休息了，我因此更不敢多说。”

雪门和尚回头看朱镇岳的神气，也实在是有些支持不来了，便答道：“就此休息，也使得。”随用手指着朱镇岳，向周老五说道：“他自出娘胎，所受的辛苦，今日算是第一次。我因是有意使他历练历练，才引着他走这小路。我和刘黑子多年不见了，想带他去拜望一回，将来在江湖上，也多少得点儿照应。”

周老五道：“大哥带他去拜会刘黑子，怎么从西安跑到这里来了呢？就是有意走小路，也不应该绕这么大的一个圈子。”

雪门和尚才将朱镇岳初次出门，忌讳鬼门关地名，并先到陈仓山看几位镖师的话，说了一遍。这夜，师徒二人就在周家安歇了。

次日天才黎明，朱镇岳醒来，正待起身做功夫，忽听得院内有呼呼的风响。仔细听去，知是有人在院中舞剑，心想：“必就是昨晚见面的周铁儿，她是刘黑子的徒弟，我正打算领教她的本领，只苦于不好开口，此时何不悄悄去偷看她一回？”

主意一定，连忙下床，穿好了衣服，走到丹墀里，一跃上了房屋，就伏在屋脊背后，伸出头来，向后院中探看。只见铁儿用青布包头，短衣窄袖的，正提着一把寒光射人的剑，在院中从容击刺。旁边立着一个眉目如画的小孩儿，凝神注意地望着铁儿，铁儿偶一抬头，见有人在屋脊上偷看，立时脸上变了颜色。

朱镇岳见已被铁儿瞧着了，退下来似乎无礼，正想立起身，索性和铁儿见礼，猛见白光一闪，那剑已直向头顶飞来。

朱镇岳不曾安排和人动手，自然是赤手空拳，幸得贴肉穿着那副软甲。当时进退都来不及，只得将头一偏，那剑在肩上刺了一下。虽不曾伤损，心里却是气愤不过，脱口骂道：“好丫头，你等着吧！”

随即飞身进房，伸手从壁上取了宝剑，翻身仍从屋脊上跃到院中。

铁儿已拱手赔笑说道：“得罪，得罪！我实在不知道是朱大哥，幸恕唐突。”

朱镇岳怒道：“你两眼不曾瞎了，分明是存心欺负人。此时我和你没什么话说，你刺了我一下，我也刺你一下就完了。”一面说，一面举剑刺下去。

周铁儿何尝不知道是朱镇岳？也是朱镇岳一般的心理，想领教领教朱镇岳的本领。因昨晚听得她父亲对她说，雪门和尚的本领如何高妙，并说就看他这徒弟的气概，也像是个很有本领的。她父亲夸奖朱镇岳，她心里已有些不服，她父亲夸奖之后，又叹息自己没有福命，没有这么好的儿子，铁儿因此更加气愤起来。只因自己是个女孩儿，不便说出来要和朱镇岳比试，纳闷了一夜。

次日早起，在院中教杨天雄的剑术，偶然抬头，见朱镇岳在屋脊上偷看，立时又羞又愤，举剑向朱镇岳头顶，撒手便刺。及见朱镇岳居然不曾受伤，心里这一惊才是不小，暗想：“我的剑刺天空飞鸟，百不失一，如何倒刺不着人了呢？这人的本领果是不小。我今日若败在他手里，将来怎好见人？没法，只有装作不知道，向他谢罪一声，免了这场羞辱。”所以朱镇岳向她动手，她只是闪开身子，连赔不是。

朱镇岳见一下不曾刺着，正待使出看家本领，报那一剑之仇。猛听得雪门和尚立在屋脊上喝道：“岳儿不许无理，强宾不压主的话都不知道吗？”说着已飞身下来。

朱镇岳忙丢了铁儿，跑到雪门和尚跟前诉道：“这丫头无端刺弟子一剑，师父得替弟子做主。”

周铁儿见雪门和尚下来，知道不妨事了，也连忙跑过来，向和尚福了一福道：“求老伯替侄女做主，侄女实在不知是朱大哥，冒昧动了一下手，已向朱大哥再三谢罪……”朱镇岳不待她说完，也不等他师父答话，朝着铁儿“呸”了一口道：“你刺我一剑，就是一句空话谢罪可以完事吗？我若被你杀死了，你不也是说一句对不起，就不教你偿命吗?”

雪门和尚道：“胡说！你就挨姑娘刺一下，又算得什么事，值得这般认真？罢了，不许你再说了，大家见个礼完事。”

周铁儿听得，即向朱镇岳行礼。朱镇岳不好意思不睬，只得答礼。雪门和尚见杨天雄立在旁边，随用眼打量了一会儿，笑对朱镇岳道：“这孩子的骨格正和你相似，只要他肯用功，将来的造就也是未可限量的。”杨天雄见和尚奖励他，即过来向和尚行礼。

此时，周老五听得院中有说话的声音，料是雪门和尚师徒起来了，也走了过来。见朱镇岳提剑在手，只道和自己女儿比较剑术，笑着问道：“你们动手比试么，怎的不给我一个信？等我也好来看看热闹呢。”

雪门和尚也笑着答道：“你还想看热闹？若不是我这徒弟生得顽皮，几乎被你姑娘一剑刺死了。看你我兄弟这本账，将怎生算法?你不知道我这个徒弟，我费了九牛二虎之力，才收在我门下。我肩上这副千斤重担，须待我的浮屠七级成功，方能放下。若在此时有个差错，我回不得西安还在其次，可怜他父母两条性命，就活活地断送了。你说这本账，算得清么?”

周老五因不知就里，还不曾回答，铁儿已笑说道：“怪不得老伯传朱大哥，这一身惊人的本领，宝剑都不能伤损毫发，侄女拜服极了。”

周老五望着朱镇岳，笑得合不拢口来，心里十分想招做女婿。只因自己的身世过于寒微，明知朱镇岳是个贵家公子，必不肯娶一个铁匠的女儿做老婆，只得勉强将这念头打消。朱镇岳见周老五望着他，张口只是笑得合不拢来，虽不知道正在转他的念头，但他是个不曾在交际场中混过的人，面上很觉有些难为情。

雪门和尚看了这个情形，自然猜得周老五的用意，心里也就觉得这事办不到。见自己徒弟掉转脸望着空处，料是被周老五看得难为情起来，即笑向周老五道："我们不要耽误了他们练功夫的时刻，到前面去漱洗吧。昨夜没有谈了的话，趁早就说给我听，我师徒用过早点，还要赶路呢。"

不知周老五怎生回答，且俟下回再写。

忆凤楼主评曰：

何金亮自称为刘黑子之首徒，夸之于他人之前，可耳，奈何夸之于周老五之前。吾知其一旦得审周老五之底蕴，当不知若何懊丧也。

"凡是冒牌的人，哪有真实本领？"数言可谓快人快语。虽然今世之喜冒牌者亦多矣，一己本领如何，固非所计，又宁一何金亮而已哉！

冲天炮，炮耳，宜可持之以为兵器。不图周老五竟以前之所以施于冲天炮者，复施之于何金亮。循是以往，凡与周老五对垒者，固无人而不可为周老五之炮。而周老五炮手之能名，且将轰传天下矣。

朱镇岳精于剑术者也，周铁儿亦精于剑术者也。一旦相遇，又安得不跃跃欲试，欲相一较高下，矧又皆在少年气盛之时乎？然而此飞一剑，软甲之功用何神！彼飞一剑，老师之叱声忽至。于是比剑之事终无成，徒令一般读者目眈眈、心跃跃，空劳一番盼望耳，作者亦狡矣哉！

第九回

入龙潭娇娃救父
搜兔窟弱女锄奸

话说周老五听了这句话，才把视线离了朱镇岳，点头应是。于是三人撇了周铁儿、杨天雄，到前面来。漱洗完毕，周老五指着打铁的炉锤，向雪门和尚笑道："我这家铁店，在这高店地方开了三十多年，就为冲天炮这东西，硬给我把台拆了。只是我这台虽被他拆了，我却不曾吃亏，还多少得了一点便宜。"

和尚问道："这话怎么说呢？杨家寡妇被你救出来了，冲天炮抢劫了你的衣服、银两，也被你夺回来了，冲天炮怎的倒拆了你的台呢？"

周老五哈哈笑道："他们那日，将我捆倒在一间四面不通风的房里，却又不敢饿坏了我，喂了几个又粗又黑的馍馍给我吃。我那时心想：铁儿在刘家坡，轻易不大回家，她不得着我被困的消息，断不能前来救我。唯有养足精力，扯断绳索打出去，到刘家坡去找几个帮手来，出了这口无穷之气。叵奈那捆我的绳索，他们当强徒的人很有讲究，是用头发和苎麻结成的，有大拇指粗细，又柔软，又牢实，比铁链还不容易扯断。用尽平生之力，扭了几次，松动是松动了些儿，只是扭不断，手脚脱不出来。倒被那看守的王八蛋，看出来了，跑去报知了何金亮，又在我手脚上，加了两条小些儿的头发绳。这就无论是谁，也别想能扭得断了。我那时心里免不了有些着急，但是想不出脱身的法子来，也只好听天由命。

“到了半夜，我正在睡梦中，忽觉有人将我推醒。我一转动，见手脚的绳索已解了，睁眼一看，只见一个穿黑衣的人立在旁边，手中扬着火筒，照得那人脸上，和戏台上的花脸一般，颔下一部红胡须，有尺来长。我素来胆大，见了那个模样都吓得心惊，心里还疑惑是在梦中遇见鬼了呢！那人见我转动，忽然低下头，凑我耳边呼道：‘爹爹醒了么？你女儿救你来了呢！’

“我一听小女的声音，连心花都开了。满想一翻身爬了起来，好去找何金亮、冲天炮一班杂种算账，谁知捆绑太久了的人，手脚都不由自主了，哪里翻得起来？只得说道：‘我醒了，只是动弹不得。你为甚弄成了这般模样？’小女道：‘爹不能动弹不要紧，你女儿背着到外面再说。’亏得小女天生和我一般的力气，背着我从屋上出了村庄，跑到我日间安顿杨天雄那山岩里，才将我放下。

“那杨天雄即跑过来问安，我见了不觉吃惊问道：‘你怎么还在这里？我不是曾带你回家去，我一个人追到这里来的吗？’小女答道：‘不是这小孩儿，女儿怎知道爹被困在这村庄里？女儿黄昏时候回来，才回到家中，见了家中那种七零八落的情形，曹秃子又被捆坏了手脚，倒在床上动弹不得。幸亏这小孩子把前前后后的事，对我说了一遍，我才知道爹追强盗，追得没有下落了。小孩儿引我到这里来，说强盗就在这村庄里面。我说，我进去寻强盗，你这小孩儿怎样呢？小孩儿真聪明，对我说：老爹白日曾将我寄顿在这山岩里。我于是就将他留在这山岩里，我一个人进村庄，各处都寻遍了。及到那间房上，听得下面看守的人说话，才知道爹在那房里。好在我身边带了鸡鸣香，把两个看守的人熏过去了，才下来替爹解了绳索。此时爹的意思要怎么办呢？’”

雪门和尚听到这里，忍不住插口笑道："你那时的心里，想必是快活到极处了。"

周老五打着哈哈答道："快活自不消说得，不过心头还气得很。杨家寡妇没下落，抢劫去我的银钱、衣服，我都不气；我气的就是将我捆绑那么久，是我平生第一次受的羞辱。这口恶气不出，我死不甘心。我当下对小女也是这般说，小女道：'没要紧，我且去把被抢劫去的银钱、衣服找回来，再寻杨家寡妇的下落。'小女说完，复翻身进村庄里去了。我就带着小孩儿，坐在山岩里等候。

"不多一会儿，只见小女笑嘻嘻地走来，向我说道：'爹手脚可以动了么？'我立时跳起来说道：'我手脚早已活动了，要怎么办？'小女道：'我已将一群恶贼都制服下来了，请爹去处置他们便了。'小女又对那小孩儿说道：'你也同去，好认你的母亲。'

"于是三人一同进那村庄，只见从里到外，一路的门户都开着了。小女在前面扬着千里火筒，照得明明白白。二门以内，每间房里，酣睡着五七个大汉，也有睡在床上的，也有胡乱躺在地下的，都和死了一般，并没一人能睁眼瞧看。小女在那些人脸上每人照了一照，问我认得出冲天炮及何金亮么？我说，这两个坏蛋便是死了，我也认得出来。一连照了几间房，看了三五十人的脸，就只不见那两个坏蛋。寻来寻去，杨家寡妇倒被我们在一个小小地窖子里寻着了。却好，据寡妇说，何金亮并不曾向她逼奸。抢去之后，就将她禁在那地窖子里，手脚用镣铐锁了，也没人看守。他们这回举动，全是因冲天炮受了我的羞辱，哀求那班强徒替他出气的。其实何金亮虽然无赖，并没有想强逼杨寡妇成亲的心思。我们当时既把杨寡妇救出来了，又各处搜寻了一会儿，看寻得着我失去的银钱、衣服么。

"一个庄子都寻遍了，不但寻不见银钱，几个破橱里连好点儿的衣裳都没有，我失去的财物是丝毫也见不着。小女道：‘银钱、衣服事小，只要何金亮及冲天炮不死，总有和他们算账的一日。且将他母子送回家去，爹也回去，女儿明天一个人再上这里来，还愁何金亮、冲天炮不双手把我家的东西送还吗？’我听了，也只好如此，既见不着他们为首的人，就在那里等一夜也不中用。

“我们出了村庄行不到一里路，忽见前面来了六七个人。杨天雄眼快，一见就说有冲天炮在内。话不曾说完，前面的人果然折转身就跑，分明是已看出我们来了，知道决不与他善罢甘休。这时和冲天炮同走的人又少，如何敢不跑，硬来和我们对敌呢？小女听说有冲天炮在内，也不说什么，一手将杨天雄提起，放开脚步便追，真是比飞鸟还快。看看要追上了，他们又分途四散逃跑起来，杨天雄仍是认得出，指给小女看。小女就单追冲天炮一人，哪里消得几步就追上了前，回头一声喝道：‘你再不停步，你姑娘就用飞剑取你的狗头了。杀你这个坏蛋，只当踩死一个蚂蚁，费不了你姑娘半丝力气！’小女边说边亮出剑来，顺手一剑，将路旁一株合抱不交的大树，削作两段，‘哗啦啦’连枝带叶，倒了下来，遮了半亩大的地面。

“冲天炮一见，魂都吓得冒出来了，怎敢回头再跑？来不及地跪下来，只管叩头求饶。小女骂道：‘你这坏蛋，也求姑娘饶你么？容易，何金亮现在哪里？你快将他交出来，这是一件；还有一件，你抢劫了我家的银钱、衣服，也得快些交出来。若少了一钱银子、一件衣服，姑娘取定了你的狗命！’

“冲天炮哀求道：‘何金亮是刘家坡刘黑子的徒弟，有了不得的武艺，我如何能将他交出来呢？我只将他住的地方告诉姑娘，请姑娘自己去找他。’小女不等他说完，又骂道：‘胡说！他住的地方我都抄查过了，哪有何金亮在内？你这混账东西，想骗着我好脱身么？’冲天炮不慌不忙地答道：‘姑娘是在大村庄里抄查他么，那怎能见得着他呢？那大村庄是他白天赌钱和聚会同伙的所在，他收的几十个徒弟都住在里面。他自己夜间却不住在那里，他住的地方，离这村庄有三里多路，他有老婆、儿子，都住在那里。’

“那时我见小女追赶冲天炮去了，心里有些放不下，教杨家寡妇，在僻静地方等着，我也追下去。冲天炮说完这话的时候，我正赶到了，小女便将杨天雄交给我，要我先带着杨家母子回去。我想：有她母子在眼前，动手时多有不便，又没有好地方寄顿，只得依了小女的话，先带领她母子回家。

“小女就押着冲天炮，跑到何金亮家里。劈开门进去，何金亮不认识小女，还只道是江湖上的人来讨盘缠的，又向小女拿出刘黑子的招牌来。小女哈哈笑道：‘好不害臊！刘黑子有你这种不成材的徒弟？我且问你，你既称是刘黑子的徒弟，你可知道你师父是何时的生日，你师母娘家姓什么，也是何时的生日？只要你说得不差，我就认你是他的徒弟。世上大约没有徒弟不知道师父师母生日的。’何金亮既是冒牌，如何能知道这般详细呢？竟被小女问住了，开口不得，恼羞成怒，就和小女动起手来。大哥请说，他可是小女的对手？绝不费事地几下就打服了。小女向他追冲天炮抢去的赃物，我的衣服都在何金亮家，银子何金亮分了一百。小女自己动手，翻箱倒箧，搜出一千二三百两银子来，连衣服一并包了。提得回来，已是天光大亮，这就是昨日早起的事。

“小女说我年纪老了，家里有这千多两银子，也可以过活了，劝我歇了手艺。我心想：这手艺本来没多大的利息，冷天还好，就是六七月的炎天难受。就只因我没有旁的本领，可以混饭吃，而我这店子又开了几十年，所以不肯随意歇业。小女既是这么劝我，身边又有了这些银子，我就活到七十岁，也只二十年了，这些银子，还不够我吃喝吗？”

雪门和尚至此才笑答道：“你有这么出色的一个女儿，便没有这点银子，哪里就愁了吃喝？这种辛苦手艺，不干它也就罢了。”

周老五听得夸奖铁儿，心中异常高兴，望了望朱镇岳，又低下头，略停了一停，即起身向和尚使了个眼色，自己先往里面房中走。雪门和尚已料定必是想将铁儿，许配朱镇岳，一面跟着起身往里走，一面心里打主意，应怎生回答。

二人同进房中，周老五握住和尚的手说道：“大哥知道你侄女还没有婆家么？这高店地方，实在没有相匹配的孩子，大哥应得替你侄女，留神择一个好孩子才好。”

和尚连连点头笑道：“我应得替她留神，只是我的心目中也是和你一样，一时想不出堪匹配的人物来。”

周老五见和尚故作不明白自己用意的样子，只得明说出来道：“不知大哥这位令徒已经定了亲事没有？”

和尚道：“亲事是好像还不曾定，只是这时还说不到这事上面去，因为他有父母在西安，亲事尚轮不到我做师父的作主。不过老弟既托了我，我总得留心物色，回西安后，自有信来。”

周老五问道：“大约在何时，大哥可回西安呢？”

和尚道：“原定了在外面游三个月，大约至迟也不会过一百日。”

周老五道：“我本多久想去西安一行，三个月后，我到西安来看大哥好么？”和尚只得点头应好。

二人仍回到外面，朱镇岳已将包袱结束停当，于是师徒二人别了周老五，向陈仓山进发。才走了半里多路，朱镇岳道：“师父看周铁儿的功夫，比弟子怎样？”

和尚笑道：“你此后对于功夫不懈怠，她一辈子也赶你不上。只要放松半年，就不是她的对手了。刘黑子和我的路数不同，铁儿若是和你同在我门下，她有天生的那般神力，成功自不在你之下；因她的家数不同，今早如果你两人动手，你有软甲护身，不至受伤，她必被你削去一足。”

朱镇岳喜道：“弟子也是这般想，她若动手招架，弟子即用翻云手杀她，料她也逃不了。”

和尚道：“她逃是逃不了，但叫我怎生对得住她父亲？更怎生对得住刘黑子？你此后在外须得小心谨慎，不到万不得已，决不可轻易和人动手。须知在江湖上行走的人，凡是有些声名的，必然有些来历。每每有因一句话，得罪了一个不相干的人，弄得结下无穷之怨，到处是和你为难的人，简直是遍地荆棘，开步不得，便有天大的本领，也莫想在江湖上混。即如今早的事，你若真和周铁儿动手，打输了自己吃亏是不待说；就是打赢了，削了她一只脚，周老五已是五十岁的人了，只有这一个女儿，被你弄成了残废，你说他心里甘也不甘？刘黑子是她师父，得了这消息，能放手不替铁儿报仇么？眼见得刘家坡就不能去了。所以江湖上、绿林中的朋友最讲信义，不专尚本领，就是为的本领不足靠；任凭你本领登天，也挡不了大家与你为难。只有‘信义’两个字，百万人千万人，也敌他不过。”

朱镇岳听了，心里不大悦服，问道：“周铁儿无端刺弟子一剑，险些把命都送了，难道在江湖上讲信义的人，便白送给她刺了，因怕结怨就不回手么？”

和尚大笑道：“真能忍住不回手还了得？忍不住要回手也是人情。但人家既已向你低头，你身上又没受伤损，落得做一个大量的人物，却又不曾示弱于她，岂不把上风占尽了，还待怎样呢？你不见周铁儿那一双眉毛，足有三寸长，斜飞入鬓，两眼也带着杀气，在男子中都算是很英武的相。她性情之不肯服低就下，一见面就可看得出几成来。好容易叫她两次三番地向你赔不是吗？她因不知道你身上穿着软甲，只道你是练就的这种刀剑不入的功夫，才不敢和你动手。我其所以不将软甲的原因向她说出来，并不是怕她翻脸，放胆和你动手；仍是怕你伤了她，损了人，害了己。”

朱镇岳见和尚如此说，心里才高兴了，一气走了二十多里，山岭崎岖的道路，觉得比昨日走得更加吃力。雪门和尚用肩挑着禅杖，从荆棘丛中劈开道路。朱镇岳跟在后面，只苦力乏，但见师父这么老的年纪，还走前面替自己开路；自己年纪轻轻的，实在不好意思说出困乏的话来。只是雪门和尚见他不说困乏，便不停步地只向前走。这座山上并没一株大点儿的树木，尽是人多高的荆榛之类。上山的时候，尚有一条弯弯曲曲的羊肠小道可走，虽是被两边的荆棒长满了，还望不出路径来；然循着那路，一步一步地走去，比没有蹊径的毕竟好些。

谁知正走得力乏的时候，雪门和尚忽然停住脚，举眼向四围看了看山势，对朱镇岳说道：“我们要改方向了，这是一条附近山民打柴的路，围着山腰，和替这山系了一条腰带相似，走来走去，仍得退归原来的路，没有三四日，绝行不了一周。我们此刻须改途向山顶走去。不过没了这条路，又难走些，你且就这块石上坐下来歇息歇息，吃点儿干粮，再打起精神走吧。你要知道人身的力气和井里的泉水一样，十年不取水，也不过是一满井，或者还有干涸的时候；每日取水，每日仍得浸满一井，并且还是新鲜水，比十年不取的水好得多。气力不用，不会增长，更有退下去的时候；今日把气力用尽，明日的气力便得增加许多。我这次带你出游，访友在第二，领着你习劳耐苦是第一。”

朱镇岳坐下来，解开包袱，取出两个荤素干粮来，双手掰了一个素的给师父，自己吃了一个荤的。问道：“陈仓山有几个什么样的人物，住在哪里呢？”

不知雪门和尚如何回答，且俟下回再写。

忆凤楼主评曰：

周老五被困敌巢之中，绳索系其身，自以为绝望矣，忽飞将军从天而下，救之而出，此其欣喜为何如？矧救之者又为其爱女子！

恶徒喜破人室家，劫人财物，今即以其人之道，还诸其人之身，令人阅之拍案叫绝，浮一大白。而周老五于是乎因祸得福，可以鼓腹而嘻，歇业不为矣。

周老五之于杨寡妇，既拯之于水火之中，复登之于衽席之上，确是侠客行径，令人肃然起敬。

天下未有执贽门下，而尚不知其师之生日者，其理至当，其语至趣。铁儿即据是而向何金亮作咄咄逼人之举，尖利哉此小姑娘；何金亮又安得不大窘而特窘哉！

周老五欲引朱镇岳为坦腹，虽嫌太不自量，然故人情之常，盖为父母者孰不愿其爱女得一乘龙快婿？于是一切都非所计矣。

雪门和尚以人之精力与井水相喻，其义至为精确，愿一般青年，取而一细味之。

第十回

道左乞怜群盗丢丑
洞前膜拜老猿通灵

话说雪门和尚，见朱镇岳问陈仓山住了些什么样的人物，便也就一块石头上坐下来，笑道："说起住在陈仓山的人物，真是一时也算不清。老的少的，强的弱的，从前当保镖达官的，从前在绿林的，总共有二十多个，还有天台山也住了十来个。不过我打算带你去拜会的，只有杨海峰一个，以外的见面不见面，都没要紧。讲到那个杨海峰，也是江湖上一个很奇特的人物，声名不在刘黑子之下。

"他原籍是安徽人，小时候在安徽一家当店里当徒弟。那时开当店是很不容易的，动辄就被强盗抢劫了，因此稍为大点儿的当店，总得请一两个好功夫的教师，一面保护，一面教当伙计的功夫。一家大当店至少也有十来个能动手的人，才能保得住，不被强盗抢去。杨海峰十七八岁的时候，在那些伙计徒弟当中，就没人及得，几次来了强盗，只有他一个人出力最多，他的声名在当徒弟的时分，就宣传得很远。

"他的师父，本是个有名的保镖达官，一次，他师父病了，恰好一起大客商来找他师父保镖，算是一笔很大的生意。他师父待不承接吧，心里实在有些割舍不下；承接了吧，又病得挣扎不起来。正在左右为难之际，杨海峰跑来看他师父的病，他师父一见面，心里高兴，也不和杨海峰说明，一口便把生意承接下来。杨海峰听得说，也绝不畏惧，许多人倒替他捏着一把汗，劝他不要出马，这不是当耍的事，他只笑着，也不回答。那时他才二十岁，毕竟押着十几辆货车，从安徽到达河北，在路上并不扯他师父的旗号。

“一日，遇着五个劫镖的，欺他年轻，隔两丈远近一个，和把守关卡一般的，不让他过去。他却不和五人交手，拿出五把箸叶般小的尖刀来，每人脚背上一把，牢牢地钉入土中，五人都动弹不得，只得一个个哀求他，并请问他的姓名。他尽情告诫了一顿，才说出自己姓名来，将五人放了。一路把镖押到河北，不曾损失丝毫。

“于是杨海峰三个字，在江湖上，便是绿林中老前辈，也怕弄他不过，坏了自己的名头，不敢轻于尝试。从这次起，虽仍在那家当店里做伙计，只是投他保镖的，一月多似一月，一年多似一年。后来他师父一死，河南直隶一带，差不多成了他管辖的地方了。李秀成慕他的名，卑辞厚礼地把他接到南京，听说他很帮李秀成做了几件大事。不过既弄到一败涂地，他仅仅逃得了性命，便对人再也不敢承认这助逆的话，虽明知我是个世外人，他也不肯多说。他在陈仓山已住了四五年，他从前的部下和徒弟，很有不少的人找来想和他同住。人品不大端正的，他都用好言辞却；和他关切得很的，才肯留下来，就在陈仓山底下，耕种了几亩地。”

朱镇岳问道：“几亩地够他们衣食吗？”

雪门和尚说道：“说到他们的衣食，又是很好笑的了。几亩地能供给了多少？他们又都是不会耕种的人，不过挂个名儿罢了。杨海峰一生不曾在绿林中混过，他自到陈仓山，居然有些绿林中朋友按年按月地，贡献些银钱给他，却又不是想招他入伙。他们这几年的衣食，大半是这样没有来历的来源，你看好笑不好笑？”

朱镇岳道：“可见人不可无本领，杨海峰若没有这点儿本领，绿林中朋友，为什么要拿着自己辛苦得来的银钱，去供给他们呢？但是依弟子的意思，这种没有来历的银钱，杨海峰既是一个豪杰，就不应该承受。虽说是出于绿林中朋友，一番敬慕的心思，只是绿林人物哪有义取之财？无非是打家劫舍、杀人放火得来的。杨海峰当日且曾做保镖的达官，今一旦失志，不应便如此苟且。”

雪门和尚听了，登时现出极欢悦的颜色，说道：“好呀，你知道如此着想，我真不愁你有非分的举动了！但我此次带你去拜杨海峰，并不是倾敬他的品格，也不是恭维他的本领。他那种本领，在江湖上混饭，对付绿林中人物则有余，拿来和我们当剑客的比较，还够不上‘本领’两字呢。我的主意，原是要借着山路崎岖跋涉之苦，圆成你的外功。而他们这班人，领你认识认识，异日或也有得着益处的时候。你到了那里，却不可因瞧不起他们的行径，露出傲慢的样子来，犯不着无端把一干人得罪。”

朱镇岳连忙说道：“弟子怎敢如此？就是弟子刚才所说的意思，也因为把杨海峰当个豪杰，方用得着这‘春秋’责备贤者之义。若换作一个寻常保镖的人，和绿林中人通同一气，本来不算什么。”

师徒二人谈罢，朱镇岳已觉休息够了，都立起身，改道向山顶上走。仍是雪门和尚在前开道，朱镇岳跟在后面，用尽平生气力，一步步如登天一般。好容易爬上了山顶，一看这山背后，朱镇岳不觉失声叫道：“好了！”

雪门和尚问道：“什么事好了呢？”

朱镇岳笑道：“刚才所走上山的路，都是在荆棘里面钻爬，上头刺面孔迷眼睛，下头钩衣服，刺得脚板生痛；连两只手掌都因为拨开这边，撩开那边，把皮也划破了。山这面尽是石头，草都没长着一点在上面，下山不省却许多气力吗？”

雪门和尚笑道：“怪道你这般高兴叫好了，既是可以省却许多气力，便再歇歇也没要紧。今夜就在这山底下，寻个可以栖身的岩穴，胡乱睡一觉，明日就好翻过对面那座山了。”

朱镇岳随着和尚所指的方向，看对面那座山，和自己脚底下踏的这座山峰，高下似乎差不多。只因相隔太远，看不出那山上有无树木。但是一眼望去，凡目力所到之处，绝不见一户人家，也不见有人行走，连飞禽的影子、走兽的足迹都不曾见着。

正待问这几座山怎么这般寂寞，和尚已指着对面那山说道：“那山本名西太华山，与太华山、少华山遥遥相对，后来叫变了音，都叫作西陀佛山；因在宝鸡界内，又叫作宝鸡山。就有许多好事的人，附会其辞，说那山上有一只宝鸡，时常出现，立在山顶上报晓，离山几十里的人，也都常说亲耳听得那宝鸡叫过。

“山上确实有一个石洞，十五年前，我走那山上经过，因天色不早，便歇在那洞里。正是十月二十九日，将要下雪，夜间彤云四布，不但没有月光，并一点儿星光也没有。我拿包袱做枕头，正待睡觉，猛听得洞口有极轻微的脚声，向洞里走得很快。我的耳贴在地下，听得明白，若是兽类，应有四脚踏地的声音，这分明只有两脚落地。若是人，没有那么轻快的脚步，猜度必是一种怪物，才住在这石洞里。当下即翻身坐了起来，拔剑在手，听那声音走到离我约有两丈远近，仿佛向左边转了弯，一会儿就听不着声息了。

“我那时心想，我进洞的时候，是曾看见前面还有一个小洞，洞门只有尺来高，七八寸宽；里面有多大，虽不曾探头去张望，但是那洞口不能给人出进，是可一望而知的。这怪物向左边转弯，必是钻入那洞里去了。此时天黑如漆，又在石洞之中，若动手去杀它，给它逃走了，我还不知道它是一种什么形状的怪物。不如且堵住那个小洞口，等天光大明了，再和它计较。我主意想定，就轻轻将身躯移到那小洞口边，挨身睡下，把做枕头的包袱紧紧地塞了洞口。

“次日，东方才白，就听得小洞里有脚声跑得乱响。我举剑安排好了，才一手将包袱扯出，却不见什么怪物出来。急低头一看，倒把我吓了一跳，原来是一只五尺多高的大马猴，通体毛色和漆一般的黑中透亮。可是作怪，它好像知道我已安排了，等它一出来就要下手杀它似的，双膝跪在洞口里面，不住地向我磕头。那磕头的神气和人一般无二，只差了口里不能说话。我当下见了那可怜的样子，哪忍再下手杀它呢？即收了剑说道：‘这山上常有行人经过，不是你栖息之所，今日幸是我遇了，若在寻常人，不要吓送了性命吗？你得去深山人际不到之处，遁影藏形地去修炼，下次休在这里再撞着了我，你去吧。’

“那猴子竟像懂得人言，又向我磕了个头，我先退出洞外，它随着出来，只跳跃两三步，就跑得看不见影子了。自后我不曾再从那山经过，不知它已听我的话，去深山大泽修炼没有。”

朱镇岳听了，喜得什么似的，笑问道：“师父怎的不把它拿了，用铁链条锁着，带到报恩寺，养着好玩呢？”

雪门和尚道：“罪过罪过，这岂是我出家人做的事？那猴子的岁数，至少也有二三百年，才有那般身躯、那般毛色、那般灵性，若被我锁起来，不上一年就得忧郁而死。”

朱镇岳道：“怎么有许多人家养猴子，都是用铁链条锁起来，养十年八载还不死呢？”

雪门和尚道：“那些小猴子，怎能和这猴子相比？这猴子在深山之中二三百年，平日适性惯了，一旦受人束缚，它又不是冥顽不灵的兽类，怎能受得了呢？”

雪门和尚虽则是这般说，朱镇岳还是有些孩子气的人，心里仍是觉着可惜，就不由得发生一种守株待兔的思想来。立起身，望着雪门和尚说道：“此时天色尚早，此处离那山顶至远也不到一百里路。这面下山的路是容易走的，弟子想今晚赶到那山洞里去歇宿，师父说使得么?”

雪门和尚知道朱镇岳的用意，即笑着答道：“有何使不得？但恐你受不了这辛苦。就是那猴子，也不见得还在那洞里。”

朱镇岳是少爷脾气，好奇的念头一动，哪顾得行路辛苦？忙答道：“弟子受得了。师父若不相信，弟子可在前面走，师父在后面，看弟子可有走不动的样儿?”雪门和尚听了，又见朱镇岳喜溢眉宇的神情，也觉得高兴，当下也就连连点头应好。朱镇岳弯腰紧了紧腿上裹脚，将包袱重新系好，振作起全副精神，两脚不停地下山。

山石高高低低，有许多竖起如尖刀一般，上面又长着青苔，脚踏上去，滑溜溜的，就和踏在冰山上一样，稍不留神就得滑倒下来。若是倒在尖石头上，便得受很重的伤。朱镇岳只因好奇的念头，鼓动了兴致，两脚抽提得极快，反不觉得青苔是滑的，一气不回头，跑到了山底下。

雪门和尚喜笑道：“这回你才得着运气的效用了，刚才有几处地方，你走得很好。你不要以为下山比上山容易，像这种山，爬上不要功夫，跑下来就非有功夫不可。只要一口气没提上，身子往下一沉，脚底下就滑了。你此刻回头，看这山是如何的模样。”

朱镇岳回头朝上一望，但见一层一层的，如石笋密布，且峻峭无比。回想刚才从上面跑下的情形，忍不住打了一个寒噤。再看这面的西太华山，比这山几乎高了一半，遂问道：“西太华山比这山还高吗?”

和尚笑道：“你在这山顶上望着差不多，自然高多了。但是那山洞不在山顶上，在半山之中，你若能照刚才这般跑法，不过黄昏时候就到了。”

朱镇岳道："弟子一些儿也不疲乏，索性跑上了山洞，再行休息。"说毕，拔步又走。

西太华山虽然高大，却不甚陡峭，又有一条很宽的道路，不似在荆棘丛中钻爬得吃力。约莫走了六七里，只见一个山岩里，坐着十多个猎户装束的人，在那里谈话。旁边靠山岩，竖着些鸟铳叉矛之类，地下放着一个大包袱。那些猎户见一僧一俗走来，即停了话不说，都注目望着师徒二人。

朱镇岳一见那些猎户，心里分外高兴了，回头叫着师父问道："弟子可在这里歇一歇脚么?"

和尚点点头，笑向众猎户道："诸位施主，猎了什么野味没有?想必很获利呢!"旋说旋倚了禅杖，朱镇岳已拣了一块光平的石头，拂去了上面灰尘，让和尚坐了，自己也坐在一旁。

猎户中一年约四十，雄壮的汉子，望着和尚答道："老师父说得好自在，还说什么猎野味获利，于今就有一只野鹿打这里走过，我们也只能当作没瞧见，不敢动它一动。我们只求皇天保佑，破了这回的案子，便都要改业了。"

和尚听了这话，觉得有些稀奇，正待追问缘由，朱镇岳已开口说道："原来你们都是衙门里的公差，不是打猎的么?"

那汉子道："我们怎么不是打猎的?若是公差倒好了呢!"

不知道这句话，到底是怎生讲究，且俟下回再写。

忆凤楼主评曰：

杨海峰之绝技，即于雪门和尚口中道出，此虚写法，亦过渡法也。

朱镇岳援《春秋》责备贤者之义，谓杨海峰不应收受绿林中之馈馑。义正词严，识见自是高人一等，此盖作者欲为朱镇岳之人格出力一写，初非故抑杨海峰，读者幸弗为其所蒙。

老猿畏诛，竟在洞口苏苏膜拜，不可谓非能通灵性者。然终不免下文一节事，此则山野之性，终未克驯耳。

朱镇岳一闻山中有猿，即思擒而得之，狂越而前，顿忘攀爬之险。活写出一天真烂漫、活泼泼之少年，令人喜煞爱煞！

第十一回

遇猎人坡前谈异事
张地网山口守淫猴

话说朱镇岳，听了这种奇怪的说话，便问道："不是公差，有什么案子要你们来破哩?"

那汉子长叹了一声道："连我们自己也都解说不来。我们宝鸡县景大老爷，把我们拘了去说道，这宝鸡山上有一只大马猴，给我们三天限，要拿这马猴到案，也由不得我们做百姓的分辩。我们已在这山上守了半个月，都受过了六七次的追比，两腿只差打断了。我们若是公差，像这位的样儿，倒不曾受过一次比。"

朱镇岳看汉子指的那人，虽然穿着猎户一般的衣服，容貌、态度却都和猎户不同，面上很露出凶狡的样子，遂向那公差问道："景大老爷为什么定要拿那马猴到案，你知道么?"

那公差翻着一双白眼，对着朱镇岳瞟了一下，即将脸扬过一边，爱理不理的，半晌，鼻孔里先"哼"了一声才说道："谁知道为什么呢，你亲去问我们大老爷吧。"

朱镇岳平生哪见过这种轻侮的嘴脸，禁不住心头火起，伸手就要拔剑，和尚已拉住朱镇岳的右臂道："犯得着和他较量么？等我问他们，你且坐着不用躁。"随掉过脸，向那汉子道："你可知道那马猴，犯了些什么案件？说给我们听了，我们可帮着你拿它。"

那汉子道："那孽畜犯的案件多着呢。人家的奶奶、小姐被它奸死了的，有十几个；被它掳去不知下落，过十天半月方在这个宝鸡山，寻着尸身的，也有六个。"

和尚道："如何知道是个大马猴哩？"

汉子道："怎么不知道？有两个种地的人，看见一只五尺多高、漆也似黑的马猴，肩上扛着一个妇人，向山上飞跑。妇人还在它肩上，拼命地叫救命呢！种地的人胆小，不敢追去，因此人都知道是个马猴。"

和尚又问道："你们在这山上守候了半个月，也曾遇着这个猴子没有哩？"

那汉子道："若不曾遇着，也不守候这么多日子了。那孽畜跑起来比飞鸟还快，莫说药箭射不着它，就是鸟铳也打不着。它又机巧得了不得，有陷坑、有药箭的地方，它通灵似的，再也不打那地方经过。若在白天里见着，还好一点儿，因为头一次拿它，是在白天见着，只怪我们手脚慢了些儿，给它逃了。它自从那一次受了惊吓，哪里还敢在白天里现形呢？夜间仗着毛色漆黑，才敢到这山上来。我们守候了半个月，还是不知道它的巢穴在哪里。"

雪门和尚问道："你们初次是在什么所在遇见它呢？"

汉子道："这山上有个石洞，我们料想他必在石洞里面，便径向洞口围拢去。果然还离洞口有两箭远近，这孽畜就如得了消息一般，从洞口里冲了出来。说起人也不信，简直是登云驾雾似的，比流星还快。我们猎野兽，豺狼虎豹，獐兔麋鹿，以及豪猪、野猫，只要闻得一点儿气味，或是见了足迹，或是见了影子，听了叫声，但能分得出是什么兽来，我们就有一定把守的地方，它必得走我们所把守的地方经过。一种兽一种守法，有应对面打的，有应侧面打的，有应从后面打的，百不失一。唯有猴子这种东西，我们打猎的，从来没有把守的法子，因此只有大家围裹去。谁知一围裹，就坏了事，它的身体和人一般大，用铳打它的脚吧，又难中，又不济事，自然要向头上、身上打去。但是一则它跑得飞快，不容易打准它；二则我们自家人围了一个半边月的形式，一铳打去，必会伤着自家人。所以见它冲出来，我们的手脚松了一点，只见它一起一落的，三五下，便连影子也不见了。

“自后一连几夜，我们躲在洞里洞外守候，满山都掘了陷坑，安了药箭，只不见它到这山上来。直守到第八夜，它来了。有星光照着，见它走几步，向两边望望，想往洞里走。离洞还有十多丈远，它就像看见我们，却并不十分害怕的样子。我们在地下布了很多豆子、花生，它望望两边，就低头拈了豆子、花生，往口里塞。”说时，随指着那公差道：“就是这位大爷，性子急了点儿，他跟着我两个徒弟，躲在洞外一个大石头背后，见了那孽畜，来不及地扒火就是一铳。我不敢恭维他的铳法，又隔得太远，好像是不曾伤着一根毫毛，倒是给信教它跑了。我们一听那铳的声音，就知道是这位大爷放的，不曾打着，大家急忙跟着追赶。老师父说，可是追得着的么？”

雪门和尚正待答言，那公差已回过脸来，睁起两眼，向那汉子喝了一声，呼着王长胜道：“你再敢胡说乱道，我明日包管你两条狗腿上，剜下两个肉窟窿来！你们吃着猎户的饭，几次见着猴子不敢放铳，害得我陪着你们整夜地受露水，担惊害怕。若不是我给它一铳，你们有什么能为打它？此时对这秃驴，编派我的不是。好，我就回衙消差……”公差的话才说到这里，朱镇岳见骂他师父是秃驴，哪里再忍耐得住，跳起身来，一伸手便将公差提小鸡似的，举在空中，待向山底扔下去。

雪门和尚忙一手把公差的衣扭住，轻轻接过手来，向朱镇岳道：

“你这孩子，真是淘气，这样高的山，扔下去还有命吗?”

朱镇岳气愤愤地答道：“像这种混账东西，不扔死他，留他在世上也是个害人精。他借着县衙里的势焰，作威作福的，也不知讹诈了多少人的钱财，谋害了多少人的性命。弟子不扔死他，谁敢扔死他哩!”雪门和尚已将公差放下。公差只吓得失了魂魄，脸色由黄变白，由白变乌。朱镇岳随指着那铁青色的脸骂道：“今日若不是我师父慈悲，不许我收你的狗命，此时你的头骨，已扔成粉了，且饶你多活几时，我自有收拾你的时候。”

众猎户见师徒二人的举动，一个个都吐出舌头来，又开心又害怕。开心的是因为这公差借着奉了县官的命，来监着猎户办案，时常欺侮众猎户，众猎户畏他的势，敢怒不敢言。此时有人代他们出气，自然见了开心；害怕的是公差受了这场羞辱，只等师徒二人一走，必迁怒到他们身上。这些猎户的头目，就是这说话的汉子，叫王长胜，他毕竟乖觉些儿，见朱镇岳指着公差怒骂，即过来向朱镇岳叩头道：“求老爷不要动怒，这位大爷实是个心直口快的好人。”

雪门和尚知道众猎户畏惧公差，便笑着拉起王长胜道：“好人坏人都不用说了，你且说，你们今晚打算怎么去拿那猴子？我两人可以帮帮你们的忙，天色已是不早了。”

王长胜指着地下那个大包袱道：“我费了许多力，借了一副网来。那孽畜的来路，我们这几夜已看出来了，是从西方狮子峰那边来的，去也是向那边去。我想把这网装置在那条路的卡子上，大家都伏在网的两边，鸟铳对准这网。网上有许多小铜铃，那孽畜不来则已，来了没有不触着网的。一触了网，就会飞也枉然。”

朱镇岳不曾见过猎户用的网，听了王长胜的话，喜得立刻教解开来看。雪门和尚摇手道：“这时打开来，要收很不容易，等到去张设的时候，你再看不迟。你瞧，这么大一个包袱，岂是寻常的小网吗？不要耽搁了，看来路在哪里，我们就此同去吧。”朱镇岳喜得几乎跳了起来，众猎户各人拿各人的兵器，大包袱就由两个猎户用竹杠抬着。公差也托了一支鸟铳，王长胜在前引道，一行人向山上走来。

这时已是黄昏月上。晚风吹得满山树木齐鸣，不一会儿走到一处山洼。王长胜停了步，说道：“就在此地，是最紧要的处所。”

雪门和尚看那山势，唯此处最低，两边高起，和马鞍形式一般。朝西望去，远远的一座山峰，高耸云表。两个峰头向南斜伸出来，一高一下，远望就像是一只大狮子，张开大口，峰头上长的树木，便和狮子头上的毛一般。山脉与西太华山连绵不断，相离约莫有二十来里远近。即向王长胜问道：“你刚才说狮子峰，就是对面那两个峰头么？”

王长胜点头应是道：“并没有两个峰头，实在就是一个。此时天色将要黑了，看不分明，似乎是两个峰头。因那山峰全身岩石，上面伸出一块大石头，下面就成了一个大石岩，可以坐得下五六千人，里面还不知有多深。人若睡在地下，往里面爬，也可以爬进去，只是没那么有胆量的人，那孽畜十九就在那里面藏身。下面伸出的石头略小些儿，所以望去像个狮子口。”

王长胜和雪门和尚谈话，众猎户已将大包袱打开，抖出那副猎网来。朱镇岳看那网，是用极细的丝线结成的，铜钱大小一个的眼儿，抖开来那么一大堆，大约至少也可围上两里多路。网边上一面安着许多小铁钩，一面许多五寸来长的铁钉，隔几尺远悬一个小铜铃，朱镇岳也看不出有什么作用。众猎户提开那网，底下还有一大叠，形状和那网差不多，只丝线粗些，网眼儿有茶杯大小一个，每一个眼儿上系着一个铁钩。朱镇岳更不知怎生个用法，便问王长胜道：“这也是猎网么？”

王长胜摇头道："这东西名叫铺地锦，是张在地下的。无论什么猛兽，只要一走入这里面，被网眼儿绊得它身躯一歪，就莫想逃得出来了。越是凶猛想逃出这网，这网越缠着它的身躯，缠来缠去。可以缠得它动弹不得。"王长胜说时，众猎户已将那副大网张起来了。原来那许多小铁钩，是用着挂在树枝上的，铁钉是插入地下的。从那山洼向两边渐渐包围，两挡相抄拢来，仅留了一个两丈来宽的地方，仿佛是给那猴子走进网的门户，铺地锦就平敷在网内。布置停当，众猎户各人自寻埋伏的所在。

王长胜腰上带了一把钢叉，手中托着一支鸟铳，向雪门和尚说道："请老师父和令徒，藏身在离这网十丈以外的石头后面探看，免得我们的铳子误伤了二位，只是请二位不要高声说话。今晚若再放那孽畜走了，它知道我们张了网在这里，必不敢再上这里来了。向别处去寻它是和在水里捞月一样，便看得见，也抓不着了。"

朱镇岳不服道："你还怕铳子误伤了我们么，哈哈！打猴子都打不着的铳，能打得着……"

雪门和尚不待朱镇岳说完"能打得着我们"的话，忙抢着向王长胜点头道："你说得不差，今晚给它逃跑，以后要拿它就为难了。你去用心守候，我二人自有好地方藏躲，用不着你们分心。"说完，引朱镇岳直往西走。约莫离网三十来丈，向朱镇岳道："你把背上的包袱解下来，趁这时吃些干粮，将包袱捆在树枝上，等和那东西动起手来，免得背上驮着包袱累赘。"

朱镇岳一则因初次试验本领，技痒难搔；二则因试验品，是一个很有能为的异类，触动了他少年好奇的念头，竟是分外的高兴，把疲乏也忘了，饥饿也忘了。当下师徒二人吃过了干粮，朱镇岳将包袱捆在树枝上，亮出剑来问道："就在此地等那猴子吗？"

雪门和尚笑道："幸得这里没外人，若是有人见了你这来不及的样子，一望就知道你是一个新手，必不是久经大敌的人。此时猴子还不知在哪里，来与不来，尚在未定，你就来不及似的把剑亮了出来，不是要给人笑话吗?”朱镇岳一听，登时自觉不好意思，随即将剑入了鞘。

和尚道：“我们在此处守候最好，此处的山势比张网的所在，高了十来丈，那猴子不来则已，只要将近山洼，我们在这里居高临下，它的来路去路都看得分明。他们虽设了围网和铺地锦，我看只能猎得了旁的猛兽，猴子这种东西虽也是兽类，心性却灵敏得和人一般，是兽类中最有心机的。至于这猴子，比寻常的猴子更是不同。这种网罗，只怕不见得能将它绊住，所以我带你守在这里，我再向西半里寻个地方守着。必须两面夹攻，方能除却这害。但是它过去的时候，你不要急于动手，等它遭了罗网，回头打这里经过，你方从它后面杀它。它入网便不受伤，也必受了很大的惊吓，猴子的性情最急，一次受惊，就慌得有路便窜。若接连几处，见都有人阻拦，它心里更加慌急，两腿自然会瘫软下来，伏着不能动了。你就坐在这棵树下等吧，我到前面去了。”雪门和尚叮嘱已毕，拖着禅杖往西去了。

朱镇岳坐在树下，独自寻思道：“一只猴子又不会什么武艺，未必值得这般安排等待它。师父教我等它入过罗网，回头打这里经过，方出去截杀它；倘若它受了惊吓，向旁处跑了，不打这里经过，我不白放它过去了吗？并且它若逃不出罗网，我也算是在此白等了半夜。我不相信一只猴子，有这么难于对付，我不可尽信师父的话，只等它在这里经过，我就下去杀它，不见得便给它跑了。”朱镇岳主意已定，便坐在地下等候。

不知结果若何，且俟下回再写。

忆凤楼主评曰：

可恶公差，竟敢倚仗官势，专横乃而。非雪门和尚老成持重，出而为之调解者，其不毙于朱镇岳老拳之下者几希。吾读至此，辄为之浮一大白！

张罗设网，煞费经营，宜可擒此淫猴矣。讵其后有大谬不然者，于以知作者之喜用曲笔。而朱镇岳之神勇，于此更得加倍演染，大显特显焉。

第十二回

惊神力小侠撕猿
蹈危机公差中箭

话说朱镇岳独自坐在山中，等候那只大马猴。约莫等了一个时辰，只是不见一些儿动静。他年少性急，唯恐那猴儿今夜不来，便是白费心机，空劳精神。

等到心焦气躁，就在那棵捆包袱的大树底下，提了一口气，即涌身上了树颠。手搭凉棚，遮住了照眼的月光，竭尽目力，朝西对狮子峰那条路上望去。烟雾朦胧，也辨不出有无兽类行走，渐渐将眼光移在近处，想看师父藏在什么地方，寻了半晌，也不曾寻着。猛然想起师父平日传授，绿林中空谷传音的法子来，不觉暗喜道："我又没生着田师伯的夜眼，这夜间能看得见多远呢？并且听说那猴儿，生成遍身漆黑的毛，更是难得看见。我若将耳朵贴在地下，去听它的脚音，在这万籁俱寂的时候，至少也可听到一两里路。"随想，随跃下地来，看了看山势高低，拣了一处没有阻遏西来音浪的地方，伏身下去，贴耳细听。许多猎户呼吸之声，都一一听得分明。

伏不到一刻工夫，即有一种极细碎的脚音，渐响渐进了。那脚音一入耳，不待思索，便能断定是一只大猴儿，因为又轻又快。有时是四脚落地，有时是两脚落地；有时跑一会儿，又停了；有时向前跑几步，又折转身向后跑几步，仍然回身前跑。兽类中唯有猴子是这么宗旨不定地乱跑。

朱镇岳虽则伏下，以耳贴地，两眼却仍是不转睛地盯住西方路上，随着那不定的脚音望去，估料必已在半里之内了，两眼更不肯略瞬一瞬。忽然觉得有一件雪也似白的东西触眼，初疑是两眼望久了发花，急忙揉了几揉，仔细凝注。那件白东西，竟直向自己眼前走了来，只是相离尚远，看不十分明白。然照那行步的态度去推测，确是一只大马猴。便是听了那脚音，也确是从那白东西的处所，发出来的。心里就不免怀疑道："怎的师父和那些猎户，都说那猴是漆黑的，这里又是一只白的，难道有两只吗？漆黑和雪白是极容易辨别的，不应这么多的眼睛，连毛色都看不出来。若是真有两只，倒好耍了。可以拿到家中，用铁链条锁着，好好地圈养起来；一牝一牡，将来生出几个小猴子，不是很好的玩意儿吗？"

朱镇岳是小孩儿脾气，越想越得意，眼见那白东西走得很快，看看相离不过二十来丈了，正伸手拔出剑来，偶一瞬眼，却不见一些儿踪影了。急得朱镇岳不住地揉眼，猫儿捕耗子一般地两边张望。再听那脚音，更响得切近了，不由得暗恨道："你这孽畜，难道会障眼法？怎么听得着声音，见不着形影呢？"一面想，一面跟着它脚音，定睛一看。

这番可被他看见了，原来那马猴遍体的毛，都是漆黑，就只胸前一大块雪白的。竖着身体行走时，对面能看得见；四脚落地的时候，便谁也看不出了。黑毛在夜间不容易见着，它刚才因是立起身子走，所以朱镇岳远远地就望见一件白东西。及走到面前，忽改了用四脚走。朱镇岳所注意是白的，不到十分切近，怎能看得着漆黑的兽来？当下朱镇岳见那猴子，打自己所伏地方的下面经过，相隔不及一丈，恐立起身来，把它惊跑了不好，就在地下，用两手一按，两脚尖一垫，对准那猴子，掣电相似的，凭空飞扑下去。

因存心要活捉了，带归家喂养，不肯用剑去杀。这一扑下去，不偏不倚，正扑在猴子身上。猴子也真快，朱镇岳还不曾扑到它身，它已知道逃跑不了，急仰天躺下，四脚朝天，预备抵抗。这是猴子最厉害的本领，因为它后脚的效用，和前脚差不多，立起来和人斗，后脚得踏在地下，不能拿人；所以猴子无论和什么兽类相角，一到危急的时候，总仰天躺下。并且猴子的背脊躺在地下，生成如磨心一般，前后左右旋转自如，最便于角斗，百兽都弄它不过。

朱镇岳哪里知道？自以为这一下，必将猴子按住了，谁知身躯才着落在猴子的脚上，猛觉得胸前一动，“喳”的一声，外衣已被撕破，手中的剑也同时被夺，脱离了手心。亏得有软甲护身，胸前方没受伤损。朱镇岳大惊失色，此时也就顾不得要活捉了，两手适靠近猴子的两条后腿，抓住就向两边用力一撕；只听得猴子大叫一声，已连腰带腹，撕作两半个，心肝五脏都流了出来。朱镇岳一手握着一半说道：“可惜，可惜！你却不能怪我，我原是想将你活捉，带回家养着好玩的。只怪你自己不好，抢了我的剑，又撕破我的衣，不由我不生气。”

朱镇岳正在自言自语，雪门和尚已飞奔前来，见朱镇岳已将猴子撕开，才放下一颗心说道：“我在前面守着，见这东西走过没一会儿，我一听声响不对，料知是你不听我的话，不等它落网回头，就动起手来了。委实放心不下，所以跑来看看，果是你这孩子不听话。你看，你的剑还在它手上，你说险也不险？你身上外衣都撕破了，若不仗着这副软甲，只怕你的前胸已被它裂开了呢，还有给你动手撕它的工夫吗？我教你等它落网回头，方动手杀它，岂是胡乱说着玩的？自然有些道理在内。幸喜这猴子撕着你的上身，若抓在软甲遮护不到的地方，说不定你此时已成了它这个样子，那还了得！你以后若再不听我的言语，我可真要恼你了。”

朱镇岳被和尚责备得面红耳赤，半晌低头不语，心里仍是可惜不曾将猴子活捉得，把两手提着的两个半边猴子掼在地下。雪门和尚弯腰去猴子手中取剑，尚是握得牢牢的，拨开猴子的五指，才取了下来，亲手插入朱镇岳剑鞘之内。

师徒二人在这里说话，和猴子被撕裂时的叫声，众猎人都已听得了，只想不到已被朱镇岳撕开了。王长胜教各人仍紧守机网，独自提枪到这里来探看。雪门和尚已呼着王施主说道："我徒弟已替你把案子办活了，淫猴已被裂成两半个，你将去消差吧。"

王长胜一见，喜出望外，正待道谢，并问朱镇岳撕裂猴子时的情形，猛听得后面山坡里，有人大喊"哎哟"一声，接着喊道："痛杀我了！"三人同时都吃了一惊，王长胜便顾不得和师徒二人谈话，掉转身向后就跑。

雪门和尚向朱镇岳道："不知又出了什么乱子，我们也去看看。"朱镇岳指着地下道："这东西掼在这里，没要紧么？"和尚笑道："有何要紧，难道还愁它逃了不成？"朱镇岳听说，即提步往前走。和尚道："且慢！你就是这么走吗？"朱镇岳怔了一怔，问道："不这么走，要怎么走？"和尚笑道："就这么走，只怕走到明日，仍得倒回这里来，你的包袱不要了吗？"朱镇岳才连"啊"了两声道："弟子真糊涂了。"随上树解下包袱，跟着和尚来到张网的地方。见一个人都没有了，不觉诧异起来。

朱镇岳道："替他们杀了猴子，他们倒都跑了，真不是些好人。"和尚道："他们哪得就跑？必是出了什么乱子。刚才不是有人叫'哎哟'吗？"和尚旋说旋四处张望，已听得左侧山坡里有人说话，于是师徒二人就向山坡里走来，只见众猎户都在那里。

原来那个公差，同众猎户守候机网，忽然一阵腹痛，就跑到山坡里去出恭。这山坡里装了药弩，公差屎急了，便不曾留神装弩的记号。和他同守一处的猎人，以为药弩是公差同在一块儿装的，知道记号，并且大家都在屏声绝息地守着机网，唯恐有声音给猴子听了，不进网来，因此不敢发声，叫公差注意药弩。公差一脚误触了弩机，但闻“嗖”的一声，一箭正射在小腹上。公差因是急于出恭，边走已边将裤头褪下，小腹露在外面，一箭射来，连可以挡格的一层布都没有。猎户所用药弩，极毒无比，是用卢蜂（形似黄蜂，比黄蜂大三四倍，螫人极痛，蜇至三下能使人昏迷）螫人的时候，尾针上所发出的那种毒水和几样异常厉害的毒草熬炼成膏，敷在箭铳上。无论有多凶猛的异兽，一中上这种毒箭，就得立时昏倒，通体麻木得失了知觉。

且慢！看小说诸公看到这里，心里必要怀疑，卢蜂尾针上的毒水，虽是毒得厉害，但如何能取得出来呢？终不成把卢蜂捉来，一只一只地从它尾针上，挤出毒水来？也不能把卢蜂破开，捏出水来应用。并且卢蜂既蜇人如此厉害，又有谁敢去捉它呢？这不纯是一种理想，是不能见诸事实的荒唐话吗？哈哈，在下从前也有这种怀疑，谁知世间的万般物事，只要人类有用得着它的地方，就自然会有弄得着它的法子想出来。哪怕就要舍却性命去取办，也是有人愿意去牺牲的，何况这取卢蜂的毒水，并没有性命的危险。按照他们猎户想出的这个法子，确是妙不可言。

他们预备许多猪尿泡，吹起来，身上穿着棉衣服，头脸手脚都遮护好了，只留一双眼，还戴上眼镜，将许多吹起的猪尿泡系了一满身，两手也抓着好几个。白天寻着卢蜂的窝，等夜间带上一个小火把，跑到窝跟前，将火把扬上几扬。卢蜂是最忠心拥护蜂王的，见有火来，只道是来烧它王的，大家一齐飞了出来，拼命向拿火把的人乱螫。这人通身是气泡，卢蜂的毒水，点滴螫进气泡之内，火把不灭，总得围着螫个不了。直等到身上所有气泡，都被螫得泄了气，不鼓起来了，才丢了火把，悄悄地离开。归家将气泡中的毒水，聚作一处，每一次所得不过几分。积聚数年之久，才可和合几种毒草，炼成膏药，所谓见血封喉的药箭。

当下那公差既误中了这种毒箭，只叫了一声“哎哟”，说了一句“痛杀我了”，便倒下地来，人事不省。众猎户赶来一看，都慌了手脚。因为他们制造这种毒箭，是装在深山穷谷之中，杀猛兽的，并没有解救的药。明知道这毒箭上身，不到一个对时必得身死；这公差若是死了，他们如何能脱得了干系哩？因此大家面面相觑，没有方法。

雪门和尚和朱镇岳来到了跟前，问了缘由。朱镇岳道：“这囚头本来早就该死了，白天若不是师父拉住他，已死在前面山下了，该死的始终免不了。”

雪门和尚不乐道：“岳儿，这不成话。他当公差的，不是有学问、有身份的人，你怎的和他一般见识，认真与他较量？并且他此刻误中了毒箭，性命只在呼吸，你应该怜惜他，才是人情，有什么深仇旧恨，他遭了这种惨祸，你心里都不能解开？你于今虽是年轻，但已在我门下成了剑客，总要时时存在一丝仁慈之念，不问人家待你如何，你总始终是要以忠恕待人的。”朱镇岳听了，心中顿觉愧悔。

雪门和尚走近公差面前一看，只见蜷伏做一团，看不见伤处的情形。王长胜此时已敲着火镰，烧燃了一束很长大的竹缆子火把，照着公差。和尚向众猎户说道：“你们把他的身躯扶正，让我看看伤痕，或许还救得活他，也未可知。”

王长胜道：“多谢老师父，我看用不着费神了，我家这种毒箭，从来是没有解药的。”

和尚笑道：“只因你没有解药，才轮到我来救。若你有解药，不早已救活过来了吗？”

朱镇岳受了他师父一顿责备，知道是自己错了。此时听得师父教猎户将公差扶正，连忙走过来，弯腰一手扶着公差的肩膊，一手按着大腿，慢慢地掀转来，仰天睡着。和尚放下禅杖，接过王长胜手中的火把，照那伤处。正在肚脐旁边，青肿了一块，有茶碗般大。弩箭已拔了出来，伤口流出一点儿黑血，伸手在胸前摸了一摸，不觉得动了。和尚摇了摇头，随跪下一脚，一手支在地下，用耳贴在公差的心窝，听了一会儿，立起来说道：“还好，大概不至于送了性命，不过必须养十天半月，方能复原。”说时，将手中火把递给朱镇岳道：“你照着伤处，我好给他敷药。”遂从腰间取出一个小包裹，就地下解开来。有十多个小瓷瓶，和尚拣了一个，拔去塞子，倾了些猩红的药粉在伤口上；又换了一个瓷瓶，倾出一粒粟米大的丹丸，扭头问王长胜道：“你们带了水来没有？”

王长胜道：“我们只带了两瓶白酒，要水离这里不远，有一股山泉，即时可以去取来。”

和尚笑道：“既有酒就更好了，我以为在此，酒是决取不到的，才问有水没有，快把酒拿来吧。”王长胜取酒交与和尚。和尚用树枝撬开公差的牙关，先把丹丸放入他口中，再灌了一口酒。

和尚收了药包，对王长胜说道：“你们此时可去将猎具并那猴儿的死尸收起来，只等这人清醒过来，今夜就回宝鸡县，去把差消了。”王长胜心里感激和尚师徒，口里也说不出，只趴在地下，向师徒二人捣蒜一般地磕头。朱镇岳拉了他起来，定要请问姓名、法号，朱镇岳只得说了。

不知这公差生死如何，且俟下回再写。

忆凤楼主评曰：

猿之来也，由远而近，先见其腹，后见其身。缓缓写来，曲折有致，文心之细，无与伦比。

剑被夺矣，外衣被撕矣，此时之朱镇岳，去死盖间不容发。而神威一奋，竟将淫猴撕而为二，快哉此举，吾直欲为之三呼万岁也！

写公差中毒弩，为本回之余波。

第十三回

止嗔戒怒名师规徒
报德酬恩爱女作妾

话说公差自服下那粒丹丸，不到一刻工夫，果然清醒过来了。王长胜在旁说道："你这条性命，若不是这位报恩寺的雪门大师父，给你服下灵丹妙药，已是活不成了。"公差哼了几声，听了王长胜的话，把两眼一翻，开口骂道："原来你们安心装着毒箭来射我啊？好！回到衙门里，我不愁不打断你们的狗腿。哈哈！画虎画皮难画骨，知人知面不知心，我真没想到你们恨我监守了，设这般毒计来害我！"

王长胜只急得仰面呼天道："你老人家同在一块儿装的药弩，怎么说是安心害你呢？我们就有天大的胆量，也不敢是这么存心。你老人家是县太爷打发来的，我们都敢谋害，不是要造反了吗？"公差仍是恶狠狠地骂道："你们这些东西，知道什么王法？都是一班反叛。"

朱镇岳哪里再忍耐得住，大喝一声说道："你这种没天良的东西，依我早将你结果了。你可知道，我杀一个你这种没天良的东西，只当踏死了一只蚂蚁。你自问你有那只马猴那么厉害么？马猴尚且被我撕作两半个，结果你算得什么？你中了毒箭要死，我师父拿药救你转来，你不感谢也罢，倒放出这些屁来，你仗着谁的势？我此时且将你宰了，再去宝鸡县向你的瘟县官说话。”说时，已掣剑劈下，亏得和尚用禅杖架格得快，不曾劈着。

公差听了朱镇岳说，已把马猴撕作了两半个，又猛然记起白天的事来，早已吓得胆战心惊。更见掣出剑来要杀他，他原不过一个倚势鱼肉乡民的恶役，哪里有多少真实胆量？不由得就哀声告饶。

和尚向朱镇岳道：“你既然知道杀了他，和踏死一只蚂蚁一般，又何必真要杀他呢？俗语说得好，‘恶人自有恶人磨’，我们犯不着多事。他们猎户，只要将上面交下来的案子办活了，就没有他们的事了。难道宝鸡县的县官，也是和这公差一类的人吗？若是案子不曾办活，公差就好在那县官面前，说众猎户如何奉行不力，害得众猎户受比。此刻再想到衙门里，打断众猎户的腿，这是他做梦的话。”

朱镇岳虽则被他师父拦住，不敢硬要结果公差，只是心里的火气，仍是不能消灭。收了剑，对王长胜说道：“我师父不教我杀这畜牲，只得暂饶了他，不过我料他回宝鸡县，必仍是要在县官面前诬害你们的。你们照实说了，若是那县官不信，竟听了这狗差一面之词，要如何为难你们时，你们赶快打发一个会跑路的人，尽夜赶到陈仓山来找我。到那里问杨海峰，大约没人不知道，我此去就住在杨海峰的家里。”

雪门和尚听了这种公子口腔，心里不免好笑，口里正待说不能是这么办，王长胜已笑着问道：“朱公子就是去陈仓山杨海峰那里吗？”朱镇岳点头应道：“是的，你认识杨海峰么？”王长胜哈哈笑道：“岂但认识，我家还和他沾着几重亲呢，我们常有往来。公子这回幸在这里遇着了我，不然要白跑许多山路。大约公子和老师父是初次去陈仓山，才绕着大圈子走到这里来了，两位也是从扶风、凤翔来的吗？”

雪门和尚笑道："若走扶风、凤翔，如何能绕到这西太华山来呢？我们是有意从鄠县、高店，穿山过岭到这里来的。你刚才说幸在这里遇着了你，不然要白跑许多山路，这话怎么讲，难道杨海峰此时已不在陈仓山了吗？"王长胜道："怪道两位没照官道走，所以在路上错过了。若是走官道，不在扶风，必在凤翔，遇着他父女两个。"雪门和尚诧异道："他父女俩上哪里去呢？"王长胜道："老师父从西安来，不知道杨海峰遭官司的事吗？"雪门和尚更是吃惊，说道："遭什么官司？我实在不曾知道，若知道也不上这里来了；并且他自从搬到陈仓山居住，从不与闻外事，便是保镖的生意，也久歇业了，怎么会遭官司呢，这不是奇了么？"

王长胜长叹一声说道："天有不测风云，人有旦夕祸福，哪里说得定？他遭官司的详情，我还弄不大清楚。前日他父女俩打宝鸡县经过，遇着天色晚了，就住在舍下。他的老太太是我姑祖母，我的母亲又是他的姑母，他原籍是安徽，他祖父和他父亲都在宝鸡县生长。他曾祖在宝鸡县做西货生意，和我家先人交易最多。后来在宝鸡县落了业，与我家来往结亲，直到杨海峰的父亲不愿做西货生意，又嫌宝鸡人性情不好，才搬回他原籍去，然而两家仍是不断地来往，不过须三年五载，彼此才来往一次。及至几年前，杨海峰将全家都搬到陈仓山，我们来往更亲密了。

"前日他父女到舍下的时候，刚遇着我为这只劳什子马猴，被逼得一点好心思都没有；又没工夫陪他谈话，他也无心多说，只略把事由说了一下。他若不是急急地要去咸宁，我也要求他到这里来，帮我办这案子了。他说前次因到咸宁县，看一个多年不见的朋友，那朋友留他住几日。他住在朋友家，闲着无事，就独自出外闲逛，不知在什么所在，见了一桩不平的事，他出来调解，调解不了，他就冒起火来，竟把一个人打死了。他却不肯逃走，改了姓名，亲到咸宁县出首。那县官很好，说他是个义烈汉子，极力设法替他开脱，只在监里住了几月，这回万寿大赦，就把他赦出来了。他心里非常感激那县官，知道那县官五十多岁了，还没有儿子，平日杀绿林中人，又杀得最多，绿林中人恨那县官到了极处，只因在咸宁县任上，奈何他不得；一等他下任，便要动手劫杀他全家。杨海峰早知道这些情形，于今既感激那县官，自然不能不报答他。

“杨海峰的女儿，年纪虽只得一十七岁，模样儿是不待说，全不像他老子那般嘴脸，就是武艺，也比他老子强得多。他老子受了那县官的恩，没法报答，回家和她商量，打算将她送给那县官做妾。一来想替那县官生一两个儿子，承宗接代；二来有他女儿这种本领，也可保护那县官全家，免得下任时，被绿林中人暗害。但是他心里有些怕他女儿不愿意，从咸宁回来，打我家经过，要接我母亲去他家劝导。我母亲因上了年纪，近来身体有些不快，不曾去得。却好，他女儿很孝顺，他在监里的时候，他女儿半夜里，悄悄偷探了几次监，几回要扭断锁，放他老子出来，他老子骂她道：‘我若想逃，也不自首了。你这丫头要胡闹，就真送了我的性命了，并且县太爷待我这般恩深义重，我怎忍心越狱脱逃，去害他担处分呢?’女儿见他老子这么说，才不敢扭锁了。杨海峰把想报答县官的话，向他女儿说出来，他女儿一点也没露出不愿意的样子来。这回就是送他女儿到咸宁去，但不知道那县官肯收他女儿做妾也不。”

雪门和尚大笑道：“原来有这么一回事，我在西安，虽与咸宁相离不远，只是终日不出门，又少和人来往，所以一些儿不曾得着消息。既有这么一回事，我们果是用不着再去陈仓山了。”

朱镇岳问道：“不去陈仓山，就从此改道去刘家坡么?”雪门和尚摇头道：“刘家坡不能就从这里去。我们已到了这里，离天台山不远了，天台山上也很有几个人物，我原来打算先带你到陈仓山，见过杨海峰之后，就去天台山盘桓几日，于今只得直去天台山了。”

王长胜从旁赔着笑脸说道：“老师父和朱公子要去天台山，也是从宝鸡县去的道路好走些。今夜虽没有多久的时间了，只是在这山里，莫说安睡，便是坐的地方也没有。我想请两位就此同去宝鸡县，舍间虽逼仄不洁净，只是权且休息，比这荒山上，总得安逸些儿。并且这件案子，若不是遇着两位，办不活，受追比，还在其次，不过皮肉上受点儿苦；这位公差爷误中了药弩，不是老师父的灵丹妙药，还了得吗？我这一条小性命就此送定了，是不待说，还不知道一死能不能了结？我一条小性命送了，却没什么要紧，老师父请说，舍间一家老小如何过活？两位不但是我的救命恩人，要算是舍间一家老小的救命恩人。我若就是这么放两位走了，那还有一些儿人心吗？”

雪门和尚已扬手止住王长胜，不教他再说下去，随打着哈哈笑道：“我们无心替你办活了这桩案子，替地方除了一个大害，算不了什么恩。至于治好了公差，更是我们应做的事。世间哪有见人要死，自己能够救得活，竟忍心袖手旁观，不去施救的道理？况我是一个出家人，存心专以慈悲救人为本，这说得上是你家的救命恩人吗？你这些话快不要提了，要我两人到你家去，倒也使得，就拾掇了走吧！”王长胜听得肯去宝鸡县，登时欢喜得什么似的，一叠连声叫伙伴，抬公差，搬猴尸，扛猎具，一行人循着道路下山。

走到宝鸡城，已是天光将亮了，他们系奉命办案的，不必等天明开城，随时可以叫开城门进去。当下王长胜在前，叫开了城门。王长胜向雪门和尚道：“让他们先去县衙，我陪老师父和朱公子到了舍间，再去消差不迟。我想这时分，县太爷正睡得安稳，决不会立刻升堂。”

和尚笑着摇头道：“那如何使得？你是个为首的人，倘若县太爷闻报就升堂，传呼你时，怎样使得？并且公差受了重伤，县太爷听了，必更升堂得快。我和你们一阵到县衙里去，且消了差再说。”王长胜更是喜出天外。

不一会儿到了县衙，天光已经大亮，各店家都开市了。雪门和尚见县衙旁边有一家茶楼，进去喝茶的人已不少了，便向王长胜说道：“你们去消差，我二人在这茶楼上等你。”王长胜连声应“好”。师徒二人，遂上了茶楼，拣了一张桌子，师徒分上下坐了，即有堂倌过来招呼。

朱镇岳虽昨夜曾吃了干粮，此时腹中尚不觉饥饿，只是口里淡得很。见堂倌过来，就忙着问道：“你这里有什么荤鲜的菜，可多弄几样来给我吃。吃完了，我可多给你几两银子。”堂倌听了多给几两银子的话，忍不住两只小眼睛，就和捕班遇了强盗一般，只管圆鼓鼓地向朱镇岳遍身上下打量。雪门和尚只作不理会，掉转脸望旁边。明知自己徒弟是个公子爷出身，外面的世情，一些儿也不懂得。在报恩寺的时候，虽不及在府衙里那般供养，只是饮食并不粗劣，因此朱镇岳不觉得十分口淡。自从西安出来，每日都只勉强充饥，哪里有一样可口的东西下肚呢？一来荒村逆旅，本没有甚可吃的；二来雪门和尚，这次带朱镇岳出游，原是有意要给他些劳苦受，并使他熟练些世情。所以堂倌过来招呼，故意不作理会，看朱镇岳怎生发付。听了他对堂倌说的话，心里自免不了好笑，却忍住不做声。

朱镇岳被堂倌打量得气愤起来，登时两眼一瞪，哇了一声道：“你这人怎这么混账，我问你的话，你聋了么？只管打量我干什么哦，你见我这外衣破了，只当我吃不起荤鲜，吃了不给你钱么？”堂倌见朱镇岳发怒，便连忙赔笑说道：“客官不要生气，我起初疑心客官是外路人，后来却又听出是本省的口音，所以不知不觉地多望几眼。客官快不要着恼，我们帮生意的人，怎敢这么无礼。”

朱镇岳见堂倌一赔不是，气愤就立时消了，挥手说道："只要你不是怕我没钱就罢了。好，好！不要多说闲话，耽误了时候，快去拣好吃的，弄来给我吃。我师父吃素，素菜也多弄几样来。酒不用问，我师徒二人都从来不喝的。"朱镇岳一口气，将这些话说完，复连连挥手，教堂倌快去。楼上坐了好几个喝茶的客，都望着朱镇岳好笑。堂倌也就笑道："客官弄错了，我们这里是茶楼，只有茶卖，从来不卖菜的。客官要吃荤鲜，须到酒菜馆里去。"

朱镇岳不禁诧异道："你们这里专卖茶吗?"随掉过脸，向雪门和尚道："师父，我们走错了，我口又不渴，谁要喝茶呢?"和尚道："要吃荤鲜，这时候还早。馒头饽饽，这里是荤素都有的，胡乱吃些儿当点心，且等酒菜馆开了市，我再领你去吃。"朱镇岳听了，不好再说什么，低着头，咕嘟着嘴，不则一声，堂倌和那些喝茶的客人，都望着暗笑。

雪门和尚向堂倌说道："你就去拿几盘荤素点心来吧，我们吃了还要赶路呢。"堂倌应着去了。一会儿送上茶和点心来，师徒二人正吃喝着，只见王长胜，引着一个公差打扮的人上来，走近跟前，公差向师徒二人请了安，立起来恭恭敬敬地说道："敝上差小的来，奉请老师父和朱公子到衙门里去。"公差的话说到这里，王长胜便接着说道："果不出老师父所料，我们进了衙门，门上二太爷就说，大老爷已经吩咐下来了，办马猴案的随时办活了，要随时传报，不必等候堂期。当下门上二太爷见我们一到，立刻传报进去，不到一会儿，县大老爷已经升坐大堂，传我上去问话。我将昨夜的情形据实禀明了，老爷现出非常欢喜的样子，带着笑问我道：'报恩寺的师父和朱公子同你们来了，此刻还在外面吗?'我回两位在高升茶楼喝茶。老爷连连说道，那如何使得?随叫这位公差爷上去，教了几句话，要我同来，请两位到衙里去。"

雪门和尚笑向公差道："我两个原是路过西太华山，无意中干了这回事，算不了什么。承贵大老爷来请，我本应带着我这徒弟去请安，奈我们昨夜整夜不曾合眼，此刻精神已不济，并且我们还有要紧的事须得赶路。请你拜覆贵大老爷，我们回头在此地经过的时候，准带这徒弟到衙门里，向贵大老爷请安。这回恕不奉命了。"

公差哪里肯走呢，暗暗推着王长胜，要王长胜求请。王长胜自是说了又说，无奈和尚执意不肯。二人只得回身下楼，打算将和尚的话去回覆那县大老爷。刚走到楼梯口，即见有两个跟班打扮的人，拥着一个十七八岁的公子上来。这公差一见，忙让路，垂手立在一旁，口里叫了一声"少爷"。那公子问道："老师父和朱公子在哪里？"王长胜知道是县太爷恐怕请和尚不动，特教自己少爷来请的。连忙用手指着答道："两位都在上面坐着。"

那公子随着指处一望，已经看见了，急走了几步，先向和尚一揖到地，回身向朱镇岳也是一揖。和尚与朱镇岳见了那公子雍容华贵的样子，不觉都立起身来答礼。

不知那公子姓甚名谁，请动了师徒二人没有，且俟下回再写。

忆凤楼主评曰：

杨海峰遭官司事，却从王长胜口中原原本本写出，此虚写法也，较之实地叙来者，更为有神矣。

朱镇岳入茶肆而索酒食，活写出一不谙世情之公子哥儿，令人为之绝倒，宜观者之窃笑其旁矣！而雪门和尚竟不加纠正，听其自然，尤觉传神阿堵。

第十四回

生艳羡公子珍破衣
致殷勤嘉宾进美馔

话说那宝鸡县知县的少爷，向雪门和尚师徒二人行过礼之后，从袖中抽出一张大红名片来，双手递给雪门和尚道：“家君听说老师父昨夜治好衙役、朱公子赤手裂开马猴的事，钦仰得五体投地。本要亲到这里来，恭迎老师父和朱公子，去署里略尽一尽东道之谊。奈官守有在，不便亲来这里，不得已，才命弟子来迎接两位，千万要请两位枉驾。”说毕，又打一躬。

雪门和尚接过那名片一看，上面印着“景霁”两个寸来大的字，反面印着“晴初行二”四个小字。即合掌当胸，笑着说道：“老衲师徒有何能德，劳尊大人这般殷勤相待？更烦劳公子亲劳玉趾。刚才遵纪已再四传达尊大人盛意，无奈老衲方外之人，与顽徒偶然除了一个地方之害，实算不了什么事，尊大人殷勤之意如何敢当。并且老衲和顽徒长途劳顿，昨夜又未得安眠，正想在这里略事休息，便要赶路往天台山去。所以转托遵纪，把这点意思敬覆尊大人。于今既是公子亲来，老衲只得遵命了，不过老衲有句话，得先在公子面前告罪。”

景公子忙说道：“老师父有话尽管吩咐，弟子无不照办。”

雪门和尚笑道：“老衲山野之夫，疏放成性，见过尊大人后，便须告辞起身，不能在贵衙署里留连。”

景公子笑道：“谨遵台命便了。”

和尚教朱镇岳还茶点账，景公子自是不肯。堂倌们见是县太爷的少爷在这里，谁不想乘机讨好？自然齐声说：“老师父不用问。”和尚知道他们绝不肯教付，也就不再说了。

朱镇岳见景公子衣饰华丽，回顾自己身上，却穿着昨夜被马猴撕破的外衣，少年公子性情面子上，自免不了有些觉得过不去。幸喜包袱里还带着有齐整的衣服，望着和尚说道：“弟子不换衣服怎么去？”

和尚哈哈笑道：“我等出门行路的人，有甚要紧？”说时，随指撕破了的外衣，给景公子看道：“这就是昨夜那马猴给他撕破的。”

景公子一见朱镇岳那种飘逸风神、英爽气概，又知道他负着一身惊人的好武艺，赤手能撕开一只那么大、许多猎人都拿不到的马猴，心里又是敬，又是爱，又是惭愧。暗想：他是西安府知府贵公子，比我只有高贵，偏他能练出这样一身本领来，随着他师父到处游行。我也有了一十八岁，却镇日关在家中，连要出外逛逛，都是派几个下人跟着，怕人欺负了去。和他比起来，岂不要羞死？”心中正在如此想的时候，见和尚指了撕破的衣服给他看，又见朱镇岳解开包袱拿衣，急伸手止住说道：“像公子身上这样撕破的衣，依小弟的愚见，觉得穿在身上，荣幸非常，比世上一切绫罗绸缎，都体面得不知有多少倍！绫罗绸缎的衣，只要有钱，谁也能穿得上身；这一件破衣，不是公子，有谁够得上穿？公子若定要更换了好看的衣才去，即是以世俗的眼睛，待家君和小弟了。”

雪门和尚也笑道：“是呀，景公子的话，虽是带着奉承你的意思，但是实在也没什么可丑，我们就此走吧，累得县大老爷久等，更是无礼了。”

王长胜立在朱镇岳后面，即把包袱接过来说道："我替公子背着。"朱镇岳只索不更换了。

一行人下来茶楼，景公子侧着身子，在前引道。须臾进了县衙，一直引到里面一个小花厅内，请师徒二人坐了。正待人里面通报，门帘启处，已走进一个便衣小帽、年约五十岁的人来，笑容满面地向师徒二人拱手说道："老和尚、朱世兄竟肯枉顾，使我得瞻仰风采，真是荣幸极了！"

师徒二人忙立起身，朱镇岳听得呼自己世兄，料到必是和自己父亲有交谊。只因自己在衙门里的时候，一心专在读书，世交父执，知道的认识的很少。官场中的年谊世谊，是最讲究的，一点儿也不能错乱。当下，便呼着老世叔，向前请了一个安。

景晴初忙伸手拉住，逊坐说道："我与尊翁本是会试同年，又同时分到陕西来，十多年彼此往来，少有间断。就只这几年，因山川阻隔，彼此又都有职守，才阔别了不曾见面。你的两个哥哥夭折的时候，我都在尊府，曾几番劝慰尊翁，想不到只几年不见，世兄便长成一个这般人物，并造诣到这般的本领，实是可喜之至。"说完，回头望着景公子说道："无畏过来，应重新叩见老和尚与朱世兄，朱世兄的年纪比你大，应称大哥。"

景无畏侍立在他父亲旁边，见他父亲招呼，真个向雪门和尚紧走几步，恭恭敬敬地叩拜下去，忙得和尚合掌鞠躬不迭。起来又向朱镇岳拜，朱镇岳已先拜了下去，两人起来，景无畏仍侍立，不敢就坐，朱镇岳遂立着不好坐下去。景晴初教他儿子在下首坐了，朱镇岳才坐下来。

景晴初望着雪门和尚笑道："我知道老和尚是有道德的高僧，并有公孙古押衙的绝艺，与华佗、扁鹊的神术，我要领教的话与奉恳的事，藏着一大肚皮，不是一时能说得了。我知道老和尚和高徒昨夜一夜不曾合眼，此时不待说是又饥又乏，我已准备了荤素的几样小菜，我们大家吃过之后，两位且休息一日，我藏着的一大肚皮的话，过了明日再谈。”

雪门和尚望着景无畏笑道：“公子，老衲不是曾告罪在先吗，怎的公子倒忘了呢?”景晴初听了，不知和尚先说了什么话，复回头问无畏。景无畏立起身，将和尚在茶楼上告罪的话说了。

景晴初大笑道：“老和尚也太把我父子作恶俗人看待了！我小时候也是个最喜欢使枪刺棒的，只恨不曾遇着名师，才成了今日一个这么文弱的书生。可是我的性情，今年虽已五十二岁了，仍是粗鲁，有那些武将的脾气，说话文诌诌的来不惯。老和尚若把我当一个酸腐的文人，不屑和我拉交情，那就辜负我一片敬慕的心了。至于朱世兄，我既和他尊翁有这点儿交情，我就托大，也要留他在这里盘桓一晌，不怕他不看我一点老面子。”

正说笑时，一个跟班进来，说酒席已经安排好了，景晴初笑着起身道：“仓促也弄不着好吃的，且暂时充充饥吧。”雪门和尚逊谢了两句。景晴初引道出了花厅，到对面的一间陈设很精雅的房里，一字并排，摆了两席酒菜。

景晴初道：“老和尚吃素，我也是喜欢吃素的，我来奉陪老和尚坐这一席，无畏陪你朱大哥坐那席吧。”彼此大家坐定，吃喝起来。虽说是仓促办出来的筵席，官衙里毕竟胜过平民，若拿来和周老五家的酒菜比较，自然是天地悬殊了。

朱镇岳自出西安以来，正是《水浒传》上李铁牛说的，口中淡出鸟来。但是此时，喉咙眼里虽饿得伸出了手，也得装一点儿客气，不好抓着便往口里塞，你谦我逊的，闹了好一会儿虚文俗套，才认真吃喝起来。

吃喝已毕，景晴初父子把师徒二人，带到一间书房里，那书房安了两张卧榻，以外书案、书橱和桌几上的陈设物品，都极精致。景晴初道：“卧具草率得很，两位辛苦了，将就点儿，休息休息，只比荒山旷野略好些儿。”

雪门和尚合掌笑道：“我出家人享受这般供养，真是罪过不小。小徒在家的时候，虽是享受得不差，只是自从进报恩寺，却也很受了些清苦。至于这次随老衲出游，餐风露宿，更是老先生做官的人，想不出的劳苦。小徒今日在老先生这里，就像是贫家的小孩子过年，吃的也有，穿的也有，玩要的也有，他心里正不知有多痛快呢，老先生怎用得着再这么客气！”说得景晴初父子都笑了。

朱镇岳脸嫩，倒觉有些不好意思。景晴初只略略闲谈了几句，便请师徒二人休息，自带着景无畏出去了。

朱镇岳脱去了撕破的外衣，问雪门和尚道：“师父也睡么？弟子在光未明的时候，沉沉地想睡，跟着一群猎户在路上走，几次险些儿被石子绊跌了。两眼不用劲，便睁不开来，有时分明睁开了，却一点儿也看不见，满眼全是黑洞洞的。既是瞧不见，只得又合起来，谁知这一合起来，就再也不想睁开了，心里究竟是明白在路上行走，不能把两眼长久合了，于是半开半合，马马虎虎地跟着大家，高一步、低一步向前乱走。只是心想，要是有一处可睡的地方，给我安安乐乐地睡一觉，这甜美的味儿，必是平生不曾尝过的。及至进了宝鸡城，不知怎的，睡意就完全没有了。这时候，更像平日睡足了一般，不再睡也罢了。”

雪门和尚道：“这是一种心理上的关系。你一进宝鸡城，先到茶肆中，后又到这里来，全心都被别的事物牵引着，自然把睡魔驱走得无影无踪了。不过停歇上了床，身心一放，定就沉沉睡去。那时睡中的境地，一定很甜美哩！”说了一会儿，也即各自就寝。

不知在这宝鸡县中，又遇见了什么事，且俟下回再写。

忆凤楼主评曰：

朱镇岳顾视破衣，逡巡不前，颇欲易而去之，未免尚有世俗之态。若景无畏之一席话，视此一袭破衣为重，而以绫罗绸缎为轻，是真有豪杰之心肠矣！宜厥后雪门和尚乐为收之门下。虽然，此特二人处境之不同耳，易地则亦然。

景晴初之于雪门师徒，适馆授餐，弥极殷勤之致，人皆谓所以报其除猿之德也，实则亦不尽然，盖有求于雪门和尚耳。比观下文乃益信。

第十五回

医怪疾高僧留县署
缔深交小侠滞书斋

话说朱镇岳第二天醒了起来，只见师父已不在房中，便在一张椅中坐下，两眼向房门口望着。不一会儿，忽见走进一个人来，定睛一看，却不是自己的师父，乃是景无畏公子，遂急忙立起。

景无畏见朱镇岳已立在房中，即过来拱手赔笑说道：“大哥已起来了吗？失礼之至！小弟已来这里看过无数次了，见大哥睡得酣美，知道是疲劳过甚，便不敢惊动。已起来了好一会儿么？”

朱镇岳谦逊几句，说道：“刚起来不久。我师父在外面陪老世伯谈话么？”这时见有个跟班在门边伺候着，景无畏便先教那跟班打水来，给朱公子洗漱，跟班应着去了，才让朱镇岳坐了，答道：“老师父此刻正在里面，替家姊诊病，只怕还得一会儿方能了事。这回若不是老师父的法驾降临，家姊的性命固是不保，就是家父家母，也不知要急到怎样。”

朱镇岳听了，方要问景无畏的姐姐是害了什么病，跟班已送洗漱水进来，只得起身洗漱。一看书橱上面放着一个包袱，认得是自己的，遂伸手取了下来，就书案上解开，拿出一件衣服。景无畏喜滋滋地过来，指着宝剑问道：“大哥昨夜杀那只大马猴，就是用这宝剑么？”

朱镇岳摇头笑道："若是用了这把宝剑，我身上的外衣，也不至被那畜牲撕破了。"景无畏诧异道："大哥怎的不用这剑呢？"朱镇岳即将当时想活捉了，带回西安去的话说了。

景无畏拍着手笑道："大哥想的实不错，像那么大的马猴，带回西安去，倒真好耍哩。见过那么大猴子的人，只怕也少，不过须有大哥这么大的本领，方能养这猴。换了旁人见了它，就得吓软手脚，谁有这么大的胆量，敢喂养它哩？"

朱镇岳道："这却容易。我若是昨日活捉了它，今早就得在这里，买一条大铁链和一把很坚牢的铁锁，锁住了它的颈项。带回西安，就锁在我们府衙后面，那个大花园里的房柱上。它纵然想咬人，有铁链锁了，它能有多大的气力，可拉断那铁链吗？那时随便哪一个人，送东西给它吃，都没有要紧。"

景无畏点头叹气道："可惜了，只是这也是那马猴作恶太多，天理人情都应遭这般惨死。若给大哥活捉了，说要带回西安有用处，家父碍着大哥的情面，又明知非大哥没人能制服这畜牲，也不便定要留下来正法；那么这畜牲作恶多端，不反得了好处，以后在大哥手里，不是更无人能奈何它吗？那么被它奸死了的，和因被它奸了，羞愤自尽死的妇人，皆永远含冤地下，无伸雪的日子了。"

朱镇岳听了这一派话，心想："不错，这情理我竟不曾想到，如果我真个活捉了，带回西安去，岂不是和窝藏盗匪、庇护恶人一样的犯法吗？可见得做事不论大小，都得仔细思量，免得事后追悔不及。"

景无畏见朱镇岳沉思不语，以为是自己的话说得过于直率，使朱镇岳听了心里难过，忙用言语来解释。朱镇岳笑道："我的年纪虽比老弟痴长了几岁，见地实不及老弟多了。这话不是老弟提醒，我心里说不定十年八载，还觉得那马猴撕破了可惜呢。我师父带我出来游历，也就为我不大懂得世故，老弟不要误会了，我若怪老弟说话直率，那我就更糊涂了。老弟刚才说，我师父替令姊诊病去了，不知令姊患的什么症候？”旋说旋穿了外衣，仍将包袱捆好，搁上书橱。

景无畏道：“说到家姊的病症，真是使家父母急得无法。邻近三五百里远近的有名医生，没一个不曾迎接到这里来，认真求他们医治。治不好没要紧，他们那些医生诊过了出去，还得在外面胡说乱道，传到家父母耳里，直气得说不出话。”

朱镇岳性情爽直，听景无畏说了好大一会儿，究不曾说出一个什么病来，不由得截住话头问道：“毕竟是个什么症候呢？”

景无畏道：“毕竟是个什么症候，连我也说不出。家父雷厉风行地着落众猎户要捉拿这只大马猴，一半为的是这猴子犯案过多，一半也就为家姊的病症。外面谣言，说是这马猴作祟，其实何尝与这马猴相干？家姊这病，起了有八个月哪！初起是没有精神，不大能吃饭，每日就只在床上睡着。家父也略懂得些医道，自己开了几个方子，服了几帖药，精神略好了些，但饮食仍是不如从前。三四个月下来，肚子看看地大了。家里雇的一个老妈子，乱说小姐有喜，家母气不过，将老妈子开发走了。从此才延医来诊，吃下去的药也不计数，哪里有一些儿效验呢？倒诊得那肚子一月大似一月。

“大哥是知道的，我们都是诗礼人家，怎会有这种不体面的事，家父母明知是得了什么奇异的病，只是不遇着名医，不能得个水落石出。恰好这几个月，这马猴闹的案子又层出不穷，外面的谣言就有说家姊的病，是由这马猴作祟起的。还有些无赖，平日被家父惩责的，更造出种种奇怪谣言，说得满城百姓都见神见鬼的，竟说夜间看见一只大马猴，在这房上走来走去。家姊几番要寻短见，都被

丫鬟看出来了。家母痛哭流涕地劝慰说：‘你这一死，外面的谣言更不得明白。’

“天幸今早猎户来呈报，说公差中了没解药的药箭，有西安报恩寺雪门老师父，路过西太华山给治好了。家父听了，就连忙追问，才知道大哥也一阵到这里来了。所以家父来不及地命小弟出来迎接。家父的意思，本想请老师父和大哥且休息，到明日再求老师父去里面给家姊诊治的。奈家姊这两日肚子胀闷得太厉害，早饭时候已昏死过去了，家母急得哭起来。家父没法，只得轻轻到这房里来，看老师父醒了没有。谁知老师父却已起来，并已听得家母哭声，见家父进来，倒是老师父先开口，问什么人号哭。家父只得将家姊患病的情形说了。老师父真是菩萨心肠，一句话也不推辞，即随着家父到里面。诊过脉息，据老师父说，只须半月工夫即可完全治好，并说有喜这些话完全是胡说，明明饮食之间不当心，吃了些毒物进去，才起了这种鼓胀病呢！”

说话之间，景晴初已陪了雪门和尚，来到书室之中。朱镇岳即规规矩矩地上前向二人请了早安。景晴初笑着对朱镇岳说道：“如今要屈留你在这里几天了，因为已蒙尊师应允，留在敝署替小女治病，大概总有十天半月的耽搁吧。这么一来，你们哥儿俩倒可多叙谈几天了，并且我很想教无畏跟你学习一切呢。”

不知朱镇岳怎生回答，且俟下回再写。

忆凤楼主评曰：

无中生有，捏造谣言，此为世人之通病。景小姐得怪疾，而外人之浮言即纷起，亦其一例。幸遇雪门和尚，始得起沉疴、全清名，否则景小姐一死不足惜，尚留污名于身后，岂不冤哉！

医生为人治病，所以造福人群者也。今不能治人之病，反在外散播种种流言，不恤污人之名，求卸一己之责，此其心尚堪问乎？吾恨不能食此辈医生之肉而寝其皮！

朱镇岳之于马猴，固欲得而生擒者也，愿既未偿，中心未尝不耿耿。景无畏无意中，竟得一辟其谬，使之释然于心，谢过不遑，然则景无畏诚朱镇岳之畏友哉！

第十六回

水乳交融欣逢同调
沆瀣一气喜得名师

话说朱镇岳听了景晴初的一番话，也笑着答道："老伯言重了，小侄有何德何能，好教兄弟跟我学习？倒是老伯德高望重，小侄倒可乘着在这里的时候，时常请教，这是小侄很引为幸事的呢！"大家谦逊了一番，景晴初也自去办公事了。从此，师徒二人便在景晴初署中住了下来。

朱镇岳和景无畏竟谈得非常投机。这一天，二人又在书室中谈天，景无畏道："此刻老师父正在里面，亲手调药给家姊服。母亲说，非等家姊的病完全治好，无论如何，决不放老师父和大哥动身。这真是我家的缘法好，才能在这要紧的时候，好容易遇着老师父和大哥，这岂是寻常的遇合？就是依小弟一个人的意思，不遇见大哥则已，既是我有福分，能得遇见大哥，也断不能就是这样随随便便地放大哥走。不过若不是家姊，害了这样奇怪的病，非老师父不能治，我便得遇见大哥，也只能留大哥在这里盘桓三五日。大哥真有重大的事要走，小弟难道好不知世故的，蛮扭住大哥不放？论人情，虽不忍说幸得家姊病了，你我方有此多聚首的机缘；但就事实看来，确是亏了家姊这病，大哥不怪我这话说得太荒唐吗？"

朱镇岳看了景无畏这种温文尔雅的态度和殷勤恳挚的情谊，自己是个没有兄弟的人，忽然得了这般一个异姓兄弟，心里如何能不高兴呢？连忙点头答道："这话一些儿不错，就是我也想多和老弟团聚几天。我这回同师父出来，什么重大的事都没有，只是虽没有重大的事，若平白无故地要在这里住多少日子，师父是必不肯的。因为我的身体，本来经不了多的劳苦，脾胃也浓厚惯了，好容易从西安出来，劳苦清淡地到了这里，已渐渐地习惯成自然了；再加十天半月的工夫，便可劳苦不觉了。在这里住多了日子，不是前功尽弃吗？恰为了令姊的病，绊住师父，我也就住下来了，这真是很难得的机缘啊！不过我也有一种怕惧，生怕这一住下来，我的功夫又要懈怠哩。"

景无畏道："大哥的话说得很是，不过说怕功夫懈怠，这倒不成问题。这里署内后园中，有一块很大的旷地，大哥如果要练功夫，小弟尽可陪着大哥到那里去。小弟并欲借此一广眼界哩！"

朱镇岳听了十分欢喜，即嬲着无畏陪他一同去后园中。只见那后园也小有园林之胜，地方果然很大。二人四下游了一会儿，便在一片旷地上立着。

景无畏笑着说道："大哥如今可以施展拳脚了。"朱镇岳把头点点，说声献丑，即把衣服一挽，在草地上打了几回拳。数日不做功夫，得这么练了一趟，血脉和顺得多，精神也觉得爽得多。却把旁观的景无畏，倒瞧得眼花缭乱、心痒难熬了，便对朱镇岳说道："小弟虽是个门外汉，但瞧大哥方才练了这么一套功夫，觉得实在不错，并且以为少年人在外处世，应练有这么一种功夫的，所以很想跟大哥学习一下，不知大哥，也肯收我这个呆笨的徒弟吗？"

朱镇岳笑道："我自己的功夫尚没有练成，程度还浅薄得很，怎么就好收徒弟呢？兄弟如今说这种话，不是在那里取笑我吗？"

景无畏道："小弟完全说的是实话，哪里敢取笑大哥？大哥的功夫，虽说还没有登峰造极到十分高深的地位，然而总算已有门径，像我这种启蒙的程度，大哥难道还怕教不下来吗?”

朱镇岳笑道：“兄弟这话却说错了，越是启蒙的功夫，教起来越是为难，越是含糊不得。因为人当初学的时候，好似一只船驶行海中，茫茫然无所之，须替他定个方向。方向能定得对，那么按程前进，自有达到目的地之一日。否则方向一误，就有迷途之虞，即永无达登彼岸之望，这如何可以含糊得一些呢？如今兄弟既是如此意诚，我看这样办吧，我师父的功夫最是了不得的，不如就请他老人家，收你做个徒弟。他老人家对于你家感情很好，大概不致拒绝，那你跟着前去练功夫，我们更可镇日子同在一处了，岂不是好？不过伯父伯母那边，不知意下如何，也能舍得让你出去吗?”

景无畏听了，欢喜得了不得，便道：“这个主意好极！让我禀明父母，就去求他老人家，并请大哥在旁代为恳求几句。至于家父家母那边，虽说是很疼爱儿子，舍不得相离，但望儿子成材之心也很切。对于小弟要出外从师，练习武艺，素有一种默许，并不怎样反对，只因一时没有得到明师，所以不曾实行。如今有这个机缘，那是再好没有了，一定可以允许我呢!”说完，又看朱镇岳练了一回功夫，方始回到里面。

这时雪门和尚也已替景小姐看了病，由景晴初陪着出来了。景无畏便上前去，将要拜雪门和尚为师、练习武艺的话，向他父亲禀明。景晴初听完，略略踌躇一下，便道：“这事甚好，我亦早有此意了。你瞧像朱大哥的功夫，练得如此之好，他自己果然觉得很有趣味，就在他们伯父伯母面上，不是也很有光彩吗？不过像你这么一个顽劣的徒弟，不知老和尚肯不肯把你收在门下。”边说边向雪门和尚望着，并微微一笑。

雪门和尚道：“老衲原想多收几个徒弟，像公子这样头角峥嵘，而且满脸露着清秀之气，一见就知很有根器，我早已有意要请舍给我做徒弟了，只恐老先生不肯，所以没敢开口。如今既是老先生同公子都有这个意思，这真不谋而合了，我难道还会反对吗?”

景晴初道：“这是承情之至，那么师父几时带他去呢?”

雪门和尚道：“这总要待老衲回到西安之后。如果如今就带他同行，路上这种辛苦，那他一定要弄不惯的。”景无畏不等他父亲说话，就说道：“师父既然已肯收弟子做徒弟，不如就带弟子同走吧。一则可让弟子见见世面，再则也可让弟子习点劳苦呢!”

雪门和尚听了，望着景晴初道：“公子如此说法，老先生意下如何？老衲却无什么意见。不过如果真是这么办的，那我一等姑娘病好，就要带公子同走了，不知老先生也舍得不？并且夫人那边，也须得说个明白呢。”

景晴初道：“这是迟早总要走的，有甚舍得不舍得？至于贱内对于这事，一定没有什么话说，只要向她说明一声就是了。只是小儿初次出门，行装未齐，还须得略略置备些。”

雪门和尚道：“这是当然的事。”

景晴初道：“无畏，如此说来，你可以拜见师父了，还呆立在这里则甚?”无畏听了，忙去向雪门和尚磕了头，又和朱镇岳见了礼。

晚间，又备了荤素二席，算是拜师父的酒，这也不在话下。不多几日，景小姐的病已完全治好，无畏的行装也已办齐，师徒三众一起动身。无畏和父母分别的时候，自有一种凄凉的景况，也不必细述。

至于动身以后，不知途中又遇见些什么事情，且俟下回再写。

忆凤楼主评曰：

因景小姐之一病，而使朱镇岳、景无畏二人得以叙谈衷曲，缔结深交。是景小姐之病，固大有造于二人也，即谓为作者写景小姐之病，正是作者之故弄狡狯处，亦无不可。观于写景小姐之病状略，写二人之谈话之详，益昭然若揭矣。

写景无畏因观练艺而思拜师，弥极纡徐之致。于是雪门和尚又得一高徒，而朱、景二人亦可长在一处矣！

第十七回

奋神威道旁斗猛豹
比剑术山下缔新知

话说师徒三众一到路上，雪门和尚就对朱镇岳说道："我这一次带你出游，原欲教你习点辛苦、练上点儿外功的；不过如今同了无畏在一起走，他是不会练功夫的，那可不能像先前这样地猛力赶路了。我看如此办吧，你尽管放开脚步，自向前走，让我带着无畏，在后缓缓跟着。每天应在什么地方打尖或住宿，我来告诉你，你先走到，就在那里等着就是了。好在此去天台山也没有什么岔路，你一定不会迷途咧！这不是可以各行其是吗？"朱镇岳点头赞成，含笑向二人道："如此，我先行一步了。"即放开足步，向前走去。

一路无话。这一天走到申牌时分，心中忖算：照情形看去，快要到天台山了，不知师父同着师弟，此刻已走到了什么地方？正在忖着，忽然有一件东西，在他眼前一耀，连忙掌眼一看，原来一头豹子从山径上奔下，径向他扑来了。他暗暗好笑："这头豹子真大胆，在这晴天白日，竟敢闯到这大路上来。也总算是这孽畜晦气，恰恰遇着了我，我决不放它过门。"说时迟，那时快，那豹早已身临切近。朱镇岳便提起拳头，恶狠狠的一拳，向豹的肚腹上打去。

谁知这豹也真灵活，拳头没有打到它身，它早已"嗥"了一声，倏地又跳到朱镇岳的背后去了。朱镇岳仍是提着拳头，使劲地对准着它打去，这豹却又跳了开去。这样地跳来躲去，闹了好一阵，始终人也没有伤着豹，豹也没有伤着人，倒闹得朱镇岳有些着恼起来了。暗想：好一头玩劣的豹子，看来徒手是对付它不下的了，不如拔出剑来，结果了它吧！正待掣出剑来，忽听得有人在山上大声喊道："哪里来的强徒，休得伤你家小爷看家的豹子！"

朱镇岳连忙抬头看时，只见山径上，立着一个十六七岁的少年，背负长剑，在左胁下悬革囊，生得巨颡广口，英气盎然，不觉暗暗喝一声彩，一面也就答道："明明是一头玩劣的野豹，哪里会是你家豢养的，休得胡说！"边说边就把剑掣出，仍赶着向这豹刺去。

这豹也真是奇怪，不待剑锋到来，早已掉转身躯，飞快地向山径上奔去。在这当儿，那个少年却动了火了，早把背上的长剑拔出，大踏步走下山来，在和朱镇岳相距的十数步外，立住了足，对着朱镇岳朗声说道："你不要专寻着这豹子作对，你如果真是个汉子，真有本领的，可来和你小爷斗上几个回合。"

朱镇岳守着师父雪门和尚的教训，原不愿乱逞本领，和人厮斗。不过年少气盛，听了方才这几句话，实在有些受不住，并且存心也要瞧瞧这少年，到底具有何种本领，就笑了一声说道："你既愿和我厮斗，我难道还怕了你？有什么本领，尽管使出来吧！"

那少年道："这才是好小子。好的，我可要放肆了。"说着，即奔前几步，又把脚站定了，就展出手来，一道剑光直向朱镇岳站的地方飞去。朱镇岳忙也取剑架住，就此一来一往地斗起来。朱镇岳暗看那少年的剑法，虽和自己的派路不同，却也精湛绝伦，无懈可击。那少年也暗暗夸赞朱镇岳的剑法好，自己放出全副本领来对付，只能打个敌手，竟没有法子可赢他。两下斗了好半天，尚分不出什么胜负来。

忽听远远有人高声喊道："你们两人快快住手！大家都是自家

人，又何必这样地恶斗呢?”这话的效力很大，二人听了，同时住了手。朱镇岳忙回头看时，原来师父同着景无畏来了，方才说话的正是师父呢。暗想：那少年一定和师父有世谊，所以师父认识他，说彼此都是自家人。再看那少年时，却圆圆地鼓起两个眼睛，露出诧愕之色。一会儿，雪门和尚已同着无畏走近他们二人之前，那少年已收了剑，似行礼非行礼的，向雪门和尚闹了一个玩意儿，一面问道：“师父到底是什么人?我并不认识师父，师父大概也不会认识我，怎又说是自家人呢?”

雪门和尚笑道：“我已有二十多年不来这里了，我当然不会认识你，你当然也不会认识我。不过我虽不认识你的人，却认识你的剑，你这剑法，不是和蒋立雄一派么?这是我们常在江湖上走的人，一瞧就可知道的。我和蒋立雄是多年的老友，如今遇见了和他同派的人，怎能说不是自家人呢?”那少年一听这话，顿时改变了容态，露出了一种肃然起敬的样子，忙说道：“原来是师伯来了!我唤蒋小雄，师伯方才提起的那一位，就是家父，但不知师伯法号的上下，是哪两个字?”雪门和尚道：“我就是雪门和尚，这是我的两个小徒，你们大家见见吧!”

蒋小雄向二人行过了礼，问过姓名，又说道：“原来是雪门老师伯，这是家父时常提起的。说就当今普天下善击剑的论起来，要推师伯为第一，怪不得朱兄的剑术，如此精湛无比!我方才瞧见了，本在那里疑惑着，这人的剑术，一定经过了名师教授的，如今果知名下无虚了。”

雪门和尚哈哈大笑道：“好说，好说!你的剑术也难道可以说是坏吗?我方才远远地瞧见了几手，不是因为你比尊翁生得高，我简直要疑这击剑的就是尊翁呢。我且问你，尊翁现在在哪里，也在山上吗?我这次是特来拜望他的，并令小徒等瞻仰瞻仰老前辈的风采呢。”

蒋小雄忙道：“在山上。真的，我贪说话说得忘了，嘉客远来，我应该早点去通报家父，使家父好出来迎接。如今请师伯同着两位兄长，沿着山径缓缓上去，我要先行一步了。”说完之后，也不待雪门和尚答话，就飞也似的奔上山去。那头豹子正在山径上等着，他刚走近豹的身旁，就将身一耸，跳上豹背，那豹也像驮惯了人似的，一点不露倔强之态，四蹄如飞，就驮着他向山深处行去了。

雪门和尚想要呼止他，早已来不及，便笑着对朱镇岳和景无畏说道：“你看他多么活泼，竟把这头豹子，像马也似的骑起来了，这倒是从未瞧见过的啊！”朱镇岳持道：“怪不得他方才说，这头豹子是他看家的豹子，照此看来，他倒没有打诳语咧！”说着，便把方才一节事，从头至尾，讲给雪门和尚听了。

雪门和尚道：“我来的时候见你同人家厮斗，本有点儿诧异。想我曾几次三番地嘱咐你，总以谦逊为上，不要卖弄本领，怎一背了我，又不遵照我的说话起来？谁知原来是这么一回事。”说话的时候，便同着二人向山径上走去。又向景无畏望望，见他略露疲倦之色，便问道：“走这点儿路，你还不觉得吃力吗？”景无畏道：“弟子虽没有练过功夫，走长路是素来不怕的，所以这一次敢毅然决然地情愿同着师父、师兄同走。不料和师父一比脚力，才知差得远了。但还总算是师父体谅我，还是开的慢步，如果也和师兄这样地赶起路来，那可真是要累死我了，如今只略略觉得有点疲倦罢了。”雪门和尚又慰问了他几句，边说边走上山去。

刚刚走到半山，只见有一大堆人迎面走来，迎头一个就是蒋立雄，后面跟着陈天祥、王大槐、李无霸、金祥麟等一班人，都是雪门和尚旧时认识的。此外还有几个，却不曾会过面；又随着几个雄赳赳气昂昂的少年，大概是这般人的子弟，蒋小雄也夹在中间，却不骑那头豹子了。雪门和尚见了，忙带了两个徒弟上前与众人相见，一一行礼。

蒋立雄便指着一个浓髭黑汉，向雪门和尚介绍道："这是萧天雄。"指着一个短小汉子道，"这是黄公侠。"指着一个大胖子道，"这是李半天。"还有什么吕荣卿、沈麟趾、尤大朋这班人，不免大家说了一番客套的话，随后又令这班小辈英雄，也上前见过。雪门和尚着实夸赞了几句。

蒋立雄也向朱镇岳、景无畏二人仔细端详了一回，向雪门和尚把拇指翘翘，夸赞道："你真好眼力，收得这么两个秀外慧中的好徒弟。"雪门和尚笑道："我的徒弟不过尔尔，你的令郎确实不凡，我已在山下瞻仰过他的剑术了。"蒋立雄微笑。

王大槐又对雪门和尚道："师兄，你为什么这时候才来？我们真是望眼欲穿了。我们这班人如今聚了住在这里，任什么都不干，真乐极了。你这一来，我们大家可要轮流宴请，不能放你就走。"雪门和尚笑道："想不到你还是这样活泼泼的，怪不得你一点不见老。好，好！我定要扰你们一个遍，我才走路。"说完，大家同向山上行去。

远远望去，山峰之上，盖着疏疏落落一大片的屋子，三三五五遥相衔接，映着青阡绿陌，别有幽静之致。

不知到了山上如何，且俟下回再写。

忆凤楼主评曰：

大道之上，忽来猛豹，已足奇矣，不图此豹之来，实有指使之人，尤奇之又奇者。宜读者阅至此节，辄觉五花八门，为之眼花缭乱。

雪门和尚初不识蒋小雄，而偏识蒋小雄之剑，猝闻之，似属奇谈，实则确也。盖剑术之各具家数，犹人之面目互判，在善剑术者眼中观去，若者授自何人，若者独属于某派，固一目了然耳。

双雄较剑，正自难分高下，雪门和尚适接踵而来，一场纠纷始得解，此于二人言之，深喜得此排难解纷人耳；在读者言之则不然。倘雪门和尚能迟迟未行，不将更有热闹之关节发见乎?

第十八回

月光下力劈大虫
山穴中生擒乳豹

话说天台山上蒋立雄一干人，簇拥着雪门和尚师徒三众，到了山上，已快近上灯时候了。由蒋立雄硬作主张，请他们在自己屋中住了下来，咄嗟之间，便又备起了一席素席、几席荤席，款待他们，说是替他们洗尘。

入席之后，雪门和尚这一席上，自有几个老朋友陪着他，畅谈别后情事；朱镇岳和景无畏却在另一席上，陪席的都是他们那班小弟兄。大家谈谈这样，谈谈那样，比别席更是来得起劲、来得热闹。朱镇岳便问起蒋小雄的这头豹子，到底是从哪里弄来的，竟养得如此之驯。

蒋小雄还没有答话，王大槐的儿子王小槐，早就笑着说道："你问他的那头豹子吗？这才缠煞人咧！他每每逢到高兴的时候，就带了这头豹子到山边去，遇见有人走过，就放这豹子下山，他自己却藏在树林中偷瞧着，往往吓得这班行旅之人，一个个丧魂落魄，他却暗地乐得了不得。间或有几个带得武器的，想把这豹子打死，但是这豹子灵活得很，不要说打它不死，就要戳它一刀一枪，也不是容易的事；何况还有一位镖客，在林中替它保着镖，一见势头不对，就要亲自出马，这哪里还会有失风的时候呢？"

朱镇岳听了笑道："原来如此！怪不得他方才下山来如此之快咧。"众人争问，方才是怎么一回事，蒋小雄不等朱镇岳说出，就把方才山下的事，约略说上一说。众人笑道："这回你可遇到了对手了，如果没有雪门师父到来解围，真不知是怎么一个结局呢?"蒋小雄也笑。

朱镇岳便又向蒋小雄追问那豹子的来历。蒋小雄道："你要问那豹子来历吗？说来话长，你且干上一杯，我就慢慢地讲给你听。"朱镇岳只得干了一杯。

蒋小雄方说道："我生性最是顽皮，在这班小弟兄中，要推我最是好嬉好弄，素喜在山前山后四处乱走的。在这三年之前，有一天的晚上，我背着父母，私下多饮了几杯酒。睡在床上，兀自睡不着，便发一个狠，爬起身来，偷偷开门出去，到外面去走走，想要借着好风，把这酒力吹散咧！这一晚，月色甚是清丽，我一壁玩月，一壁向前走去，酒意不觉醒了一半。不一会儿已走到山后，就在一条青石条上坐下休息。坐了不多久，忽地起了一阵旋风，从山那边吹来，就这旋风里面，蹿来了一头野兽。定睛瞧时，毛色黄褐，似虎而小，背上隐约显着斑纹，好像是一头金钱豹咧！我看了暗想：怪不得人家传说，这山后有金钱豹作着巢穴，以前我因没有亲眼瞧见，心中兀自不信，如今方知传说非虚了，这倒是千载一时之机会，我何不追踪前去，直捣豹穴，把这些豹子生擒活捉几头来玩玩呢？当时一半也仗着酒力，所以想定以后，即挺然起身前往。"

朱镇岳问道："你那时还是赤手空拳而往，还是带有武器呢?"

蒋小雄道："我是睡而复起，出门来散散酒力的，哪里来得及带什么武器，还不是一个光人吗？走不到百余步，果然见有一头豹子坐在石上，好似在那里玩月似的。还未待我走近。早已瞧见了我，即露着很凶恶的神气，立了起来，又'嗥'了一声，张牙舞爪，对我扑来。直见它来势很是凶猛，忙向旁一避，却乘它刚要扑过去的时候，转身伸出手来，抓着它那两条后腿，用尽平生之力，向外这么一撕；它只很惨厉的‘嗥’的一声，要掉过身来，施展它那利齿，我却早已把它撕成两爿，连五脏六腑都流在外面了。

“我放下了这死豹，正在私自称幸，忽又有一头野兽，不知从什么地方蹿了来。等到我方觉察，它已‘飕’的一阵风，站在我的背后了。我这时势不能向后顾，向前逃避也早失去机会。正处于进退维谷、束手待毙的地位，忽然一个转念，也不管三七二十一，将身一纵，就蹿上了靠近身旁的一棵大树上。向下望时，方见那头野兽乃是一头猛虎，并不是豹子，正恶狠狠地圆睁着两个眼睛，向树下四处觅人咧！一抬起眼来，恰恰瞧见了我，顿时火赤着两个眼睛，像恨不得要把我一口吞下去似的。我却暗暗好笑：这时我在树上，你在树下，任你有多大本领，也奈何我不得了。不比方才那么冷不防，掩至我的背后，一个不留神，就要吃你的亏，那倒是思之犹有余栗的。

“这虎怀着一肚皮的怒意，急切间又抓我不着，愤怒得更加厉害，野性不免大发了，只是乱纵乱跳，绕树而走。有时奋力想扑上来，但是这么高的树，哪里扑得上？不过把树枝摇得‘呼呼’地响。幸亏树本很是坚固，倒没有被它弄倒。隔了一会子，这虎似乎有些倦意了，长啸了一声，在树下坐了下来。我暗想：俗语说得好，‘千年难遇虎瞌睡’，如今这虎席地而坐，不是和打瞌睡不过相差一间吗？不于此时收拾了它，更待何时呢？

“主意想定，就飞鸟似的，从树上飞了下来，恰恰骑在那虎的身上，尽力把它向地下揿着，不使它动弹得分毫。一面握着拳头，像雨点一般地向它满头满脑拼命地挥打着。这时这头猛虎，驯服得和家猫一般，一点能耐都施展不出了，被我打得急时，只是‘呜呜’

地吼叫，含着悲鸣的意味，并无一点雄武的气概。不到多久，眼中、鼻中、口中都打得鲜血直拥出来，沁沁然淌个不住。我见了这种情形，哪里还敢怠慢？更用足了力，向它浑身挥打。直打得那虎一息恹恹、万无生望了，方始罢手。跨下虎背，正思休息片刻，谁知‘飕’的一阵风，又蹿来一头野兽，伸出两个爪子，要把我的肩背搭住了……”

朱镇岳笑道：“这头野兽倒也妙得很，大概是替那虎报仇来的，所以方才你把虎背跨住，它如今也要把你的肩背搭住，想如法炮制一下。后来又怎么样呢？”

蒋小雄也笑道：“如果始终被它搭住，那就不死在它手，也必受了重伤，成了残废，今日还能好好地在这里和诸位谈话吗？我的听觉和触觉，都是十分敏锐的，飕飕的风声未歇，我早已知道又来了一头野兽。等得它的两个爪子，刚要搭上来，我已觉得很明白，这哪里还用思量，又哪里好让它搭住呢？便使足力气地把它向外一摔。这时它的两爪刚近搭牢，还没搭牢，自然受不住这种力量，早已‘轰’的一声，老远地摔开去了。接着又听它很悲惨地嗥了几声，好像是豹子叫的声音。我这才缓了一口气，回过头去瞧瞧，却不见有什么豹子在地上。用尽目力，四处看了一会儿，方看见一二丈外，一棵大树的枝丫上，挂着了一件东西，这不是一头豹子是什么呢？

“照情形看去，大概我摔的时候，势力用得太猛了一些，所以把那豹子摔得很高，又摔得很远。等得落下来时，刚刚触在那很尖很锐的枝丫上，就穿肠贯腹而过，生生地把这豹子送了命。刚才的几声惨叫，正是它临命时的哀音呢。我忖度到这层道理，一壁也就缓缓地向这树走了过去。到得跟前一看，这豹子果然已穿肠贯腹而死了，树下拥着一大堆血，这死豹身上，却兀自腥血淋漓，淌个不住。我看了暗想：这一回事，真巧得很，也真侥幸得很。好凶猛的一头豹子，竟一点不费力地这样地把它结果了。否则我打死了一头豹子、一头猛虎之后，气力早已有点不济，再来和这头豹子周旋，正觉有点为难呢。

“随坐下休息了一会儿。气力渐渐回复。气力刚一回复，却又发生一种妙想了，你道是一种怎样妙想呢？原来我忽想到，先前那头豹子和后来那头豹子，一定是一对配偶，既成了配偶，一定有小豹生下来的。我如今即把雌雄两豹都已打死，没有捉到活的，何不再到它的豹穴中去寻寻，或者有什么小豹留下，我就把它捉回家去，豢养起来。如此岂不遂了我所以打豹的初衷，并且不也是件很有趣味的事情吗？至于豹穴的所在，大概就在先前那头豹子，坐着玩月的地方左右一带，这个推测大概是不会错的吧。

“主意打定，就很高兴地走了去。不上一会儿，果然被我找着了豹穴，隐隐有乳豹嗥叫的声音，从穴中传了出来。不过照外表看去，这豹穴很是深邃，又在夜中，一时却没有这胆量敢进去。我想了一想，便在穴外学着豹嗥的声音，想把这几头乳豹诱了出来。果不其然，不费许多工夫，就有两头乳豹蹿出穴来了。再要大的豹子、再要猛的豹子，我都能活活地把它打死，这么两头乳豹，要费我什么手脚呢？自然就把它们乖乖地擒住，解下腰带，一齐缚住，牵回家来了。第二天，又把这死豹死虎拖了回来，食肉寝皮，说不出的一种快活，这一晚的成绩总算不坏啊。”

朱镇岳把拇指翘翘道：“真可以！小说书上所说的武松打虎，恐怕也不过如此吧。但是你说当时曾带回了两头乳豹，如今为何只剩了一头呢？”蒋小雄道：“一头带回来不久，就患病死了，不然这两头豹倒是雌雄配成的，将来生生不息，还可造成一个豹苑呢。”

景无畏道：“听了小雄兄打虎打豹这两桩事，令人精神勃长。我倒又想起镇岳兄，撕死淫猴一件事来，两下比起来，倒真不相上下呢。”众人听了，忙追问是怎么一桩事。朱镇岳忙道：“这算得什么，何必讲呢？”景无畏要不讲时，却经不住众人逼着他，只得把这事约略讲了出来。众人听完，啧啧向朱镇岳夸赞。

谁知正在这个当儿，忽听有人在窗外冷笑了一声，接着又尖声说道：“看不出你们都有这么大的本领，我偏不信，倒要请教请教呢。”众人闻言，不觉一齐愕了起来。

欲知说这话的是什么人，且俟下回再写。

忆凤楼主评曰：

小说上写打虎事者，见不一见。即《水浒》一书，有武松之打虎，有李逵之打虎，而写法各不相犯。今著者之写打虎，则又别具风格，不犯前人一笔，此其所以难能可贵矣。

倏来两豹，又来一虎，弥极波谲云诡之致；而蒋小雄竟能对付裕如，不露惊惶之色。质言之，此非蒋小雄之故示镇静，实著者之好整以暇，此其才又宁可及乎？而死两豹、殪一虎，写法不同，身手各异，尤令人观之眉飞色舞矣。

蒋小雄欲生擒乳豹以归，与朱镇岳之欲生擒马猴以归者，其心理适相同，惟一成一不成，此其不同之点耳。

末尾一结，奇峰陡起，知下面又有绝热闹之文章，读者精神为之一振。

第十九回

黑夜行窃暗显神通
白日搜脏大开谈判

话说一众小弟兄正说得高兴，忽有人在窗外冷笑了一声，并说了几句煞风景的话，众人倒不觉一齐愕了起来。王小槐最是躁急不过的，便立起身来，赶出厅去，众人也一齐跟了出去。连雪门和尚一席上，也有几个人立了起来。

谁知到得厅外一看，静悄悄的，并无半个人影。刚才冷笑着说话的那个人，早已不知去向了。在厅外回廊内四下一找，也没有发现什么，只得回到厅内，重行入席。王小槐道："照我看来，喜欢干这种事情的，定只有他，再没有别个人。"他正很高兴地说到这里，蒋小雄忙向他丢了一个眼色，王小槐自知失言，也就不说下去。朱镇岳虽然有些瞧见，却不好动问，只得闷在心头。

隔了一会儿，席也散了，蒋立雄便又很殷勤地引他们师徒三众到一间精美的卧室中，说道："蜗居很是仄小，就奉屈三位在这陋室中，住几天吧。"雪门和尚笑道："这么金碧辉煌的屋子，简直可当天宫之称，怎反谦作陋室？老实说，老衲住到这种地方，出世以来还是第一次呢！"蒋立雄又闲谈了几句，即告便出房而去。

朱镇岳等二人睡后，又在室中各处照看了一番，方始睡下。景无畏见了笑道："你也太小心了，我们如今是住在蒋伯父家中，并不是住在别的地方，难道还怕有什么意外的危险发生吗?”朱镇岳道：“你这话固说得是，但是不知为了什么，我今晚心中很是不安，总觉得要发生点什么意外事情呢!”雪门和尚道：“你存下这种戒备之心，倒也不是无因。大概为着刚才坐席的时候，有人听了你们的谈话，在窗外冷笑吧！但照我看来，这事就扩大起来，也不过是一种游戏的举动，绝不会有什么危险发生的。你尽可安心睡觉吧。”朱镇岳见师父既这么说，也就安心睡下。

到得半夜时分，蒙眬中忽听得有人在室中走动的声音，这种声音很轻很细，含有鼠窃的意味。朱镇岳虽是睡着，心中却时时刻刻戒备着，生怕有什么人黑夜偷入他的室中。一听得这种声音，怎会不立刻警觉呢?即悄悄坐了起来，侧耳细细一听，想要听准了方向，偷偷掩了过去，把那人捉住的。谁知道那人的官觉，也真灵敏，朱镇岳在床上坐起来的时候，声音虽是很轻，却早已被他听得了。就听他在黑暗中“扑哧”一笑道：“总算是你有本领的，不等我来动手，你先已警醒了。我可没有这么呆，肯呆守在这里等你来捉，却要先走一步了。你们如果少却什么东西，尽管向我来取吧。”说完，就寂无声息，大概是已走了。

朱镇岳知道这人很有本领，黑夜中追去，不见得能追得着，并且不见得能占上风。但是少年人生性好强，听了这一番话，哪里能按捺得住呢?所以连忙从床上跳了下来。这时室中灯火已灭，仅窗外微微有些月光，却照见一扇窗棂已经洞开了。知道那人是从这里出入的，也就不管三七二十一，一个箭步蹿出窗外。只见深院沉沉，悄无声息，那人早已不知去向了。

朱镇岳心还未死，又跳出院墙外去望望，也是杳无所见。比及废然回到室中时，雪门和尚及景无畏都已起来了，已把灯火点得亮亮的，争着问到底是怎么一回事。又问：“你出去瞧见了些什么?”

朱镇岳心神倒还镇定，要言不烦地说道："刚才果真有人到室中来了，我在睡梦中被他惊醒，正想悄悄地起来捉住了他，谁知他也真灵敏，竟会觉察得我的用意，不等我去捉他；他早已很快地逃走了。不过曾留下几句话，说我们如果失去了什么东西，尽可去向他索还呢。真的，我们且检查一下子，到底被他拿去了什么东西啊。"

话刚说完，只见景无畏向床边望了一望，早已"咦"的一声喊了起来道："不好，我的一个包裹，果真被他拿了去了。"雪门和尚道："既已被他拿去，今晚是万万追不回来的了。不如静静儿睡觉，待到明天再想法吧。好在他曾有尽可向他索还，这一句话，这明明表示他的目的，并不在于这个包裹，不过是与我们赌气，要借此作个引子，和我们比比本领罢了；那明天一定可以得到个水落石出的。不然在这半夜三更，尽自闹个不休，闹得大家都惊醒起来，很不成件事体呢！"朱镇岳和景无畏听了，很以这番话为是，也就吹灯熄火，重行睡觉。

到了第二天，见了一班老弟兄和小弟兄，少不得都说起这件事。王小槐就不假思索地说道："昨晚在窗外冷笑的那个人，我本来一口就咬定是他，如今看来更是无疑了。这种事除了他，还有谁肯做，除了他又有谁敢做呢？"朱镇岳忙问："你所说的那个'他'到底是谁？好哥哥，快点告诉我，别再打什么闷葫芦了。"

王小槐方要说出，就有几个小弟兄拦住他说道："小槐哥哥，这种事情不是胡乱说得的，你未得真凭实据以前，还是少说几句为妙，并且他这个人更不是轻易惹得的。如果干这事的并不是他，你竟把他冤屈下，万一被他知道，那时你就要吃不了兜着走呢！"

这话一说，王小槐听了顿露惊惶之色，早把他已在口边的那句话，吓得退了回去。隔了半晌方说道："也罢，我就不说便了。不过我总疑心是他，因为除他之外，再没有别人高兴干这种事。如今我们且到他那边去瞧瞧，如果真的是他，他一定有一种很明白的表示，决不会即此而止呢！”众人齐声道：“这句话倒很不错，我们就去瞧瞧吧。”即挽了朱镇岳、景无畏，一同出门走去。

约莫行了一里路光景，只见前面露着一簇房屋，望去很是齐整。王小槐笑着说道：“到了，到了，不消一刻这事就有分晓了。”边说边向前面行去。还未走到那屋子之前，忽听蒋小雄喊了起来道：“咦，这墙内树上挂的是什么？你们大家请瞧。”喊声方止，又见景无畏涨红着一张脸，也跟着喊起来道：“这树上挂的不是我的一件袍子么？这人也太恶作剧了！”

众人抬头一望，果见很高的树梢上，挂着一件簇新的长袍。这棵树虽在墙内，因为树身很高，所以在墙外也可远远望见的，王小槐就很得意地说道：“你们瞧，我的猜测如何？我本说除了他外，没有别人肯干这种事情呢。如今好了，现现成成的贼赃在这里了，我们进去向他说话，还怕他抵赖不成吗？”

蒋小雄笑道：“你这人也真呆！倒说怕他抵赖，他如果要抵赖的，怎肯把这袍子堂而皇之地挂在树上？肯把袍子堂而皇之地挂在树上，这不是明明含有挑战之意吗？说不定，他如今正在等着我们去，还怪我们去得太迟呢。”

朱镇岳点点头道：“这话说得不错。那么谁去他那里走一趟呢？”景无畏也苦着脸说道：“诸位哥哥，真的请哪位劳神一下，替兄弟去走一趟吧，老是听他把这件袍子，挂在树上，教人见了很是没趣的；并且他到底是个什么人，为何这般无赖？”王小槐道：“你问他是什么人么？他本是这山上最最无赖的一个人，姓名且不必说，停一会子，你大概就可知道的。至于这件事，还是交给我吧。料想这种撞木钟的事，除了我外，别人也万万不肯担任的。你要知道和他去交涉什么事，很有几分困难啊。”说完，向众人点点头，向两扇黑漆的大门内进去了。

众人便在外面徘徊着，好一会子，方见他笑嘻嘻地从门内走出来道：“好了，好了，总算没有辱命，已把交涉办妥，带得条件回来了。”朱镇岳、景无畏一齐惊诧着说道：“怎么说，还有条件吗？”王小槐笑道：“他这般强项的人，你道没有条件就可使他就范的吗？老实说，他肯有下这种条件，还不知费了我多少唇舌呢！我最初见了他，提起此事，他就板着面孔说道：‘不错，这事是我干的。你不瞧瞧我所得的一件战利品，不是还挂在外面树上吗？不过要我归还这种东西，那是万万办不到的。因为那姓朱的，照他同伴的说起来，一只很凶猛的猕猴，他空手可以把来撕作两片，这不是很有本领吗？既然很有本领，怎连小小一个包裹都看守不住，听人把它盗去？既被人盗去了，就该想法把它盗还，怎可明明白白地向人索取呢？我如果也轻易给还了他，这不是反丢了他的面子吗？所以我说，是万万办不到的。’我听了，忙又向他百端说情，他才又说道：‘你既是如此说，也罢，我就给他一个条件吧。他既是很有本领的，不妨请他和我比一下子武，如果能赢得动我手中的双刀，我就将所取各物一一奉还；否则，这些东西都算是我的战利品，当然由我支配，不容他出一言半语。’我得了这个条件，知道没有别话可讲，也就应承下，走了出来。镇岳兄，不知你意下如何，也愿和他比一下吗？”

朱镇岳听了，沉吟一下道：“论理，我们在外面走走的人，不该和人家比较什么本领的高下，不过如今实逼此处，也只得和他比一比了。请你去对他说，他既然如此高兴，有什么本领尽管请他使出来，我敢不奉陪他走这么一趟两趟，横竖我的宝剑早已随身带来了。”众人道：“既然如此，请进去坐吧，你不知道，这就是李无霸李叔父的宅子呢。”边说边拥着朱镇岳、景无畏二人，走了进去，在大厅中坐下。王小槐一跳一跳地自向里面走去了。

一会儿，只听一阵很急的足步声，夹着细碎的步履声，向厅上走来。又听王小槐边走边带着笑说道："比武的来了，你们大家先见一见礼吧。"说时，人已到了厅上。朱镇岳忙抬眼看时，不觉顿时呆了起来，原来同着王小槐一起走来的，乃是二十不足十八有余一个袅袅婷婷、齐齐整整的女孩儿呢！暗想："这倒奇了，难道昨晚偷偷到我房中来盗取东西的，今天口口声声要和我比武的，就是她吗？如果是的，那可有些尴尬，我不是已允许和她比武吗？我一个少年人，怎好和一个陌陌生生的女孩子，比什么武？如果给人传了开去，那不成了大笑话吗？"

正在十分为难，又听王小槐笑着说道："人家来了，怎的你倒又呆了起来？停一会儿还要大家比武呢。唉！这也都怪我不好，没有早向你介绍过，这就是李叔父的掌珠秀英姊姊，并不是什么外人啊。"这话一说，朱镇岳更弄得十分局促不安，很勉强地行了一个礼，再一偷眼瞧看，李秀英也在一壁答礼，却也羞红上颊，娇滴滴越显红白了。

欲知究竟比武与否，比武时是怎样的情形，且俟下回再写。

忆凤楼主评曰：

本回写李秀英，纯用欲擒故纵之法，当其在窗外冷笑时，王小槐即已知其为谁，何乃欲说而未说；及至行窃之后，更已料定其为谁何，乃仍欲说而未说，直至图穷而匕首见，李秀英出厅比武，始知来者为一袅袅婷婷、齐齐整整之妙龄女郎。当此之时，固不特朱镇岳为之目瞪口哆，即一般读者亦必啧啧称奇，咄咄呼怪矣。

景无畏之长袍，李秀英之战利品也。高悬树梢，用以骄敌，其得意盖可知；然而何堪入景无畏之目，试为设身一思尔，时景无畏之忸怩又何如耶？

第二十回

沁沁臂血弱女怀惭
赫赫军容老儿报怨

话说朱镇岳和李秀英见过了礼，又问起伯父在家没有。李秀英回说：“今天一早，同着几个朋友到对山打猎去了。”说完，便都默然没有话说。

王小槐笑道：“此来是为比武的事，本不必叙什么家常，你们如要比赛一下的，就请快些上场吧。”这话一说，朱镇岳和李秀英，都有些不好意思起来，一时没有什么表示。

蒋小雄道：“如此看来，你们是不愿比武的了！也好，本来大家是自家人，还要较量什么？”谁知李秀英一听这话，就把眼睛鼓得圆圆的，瞪了蒋小雄一个白眼。蒋小雄才知自己失言，忙又道：“这是你们两下的事，我旁边人的话算不得数。秀英姊姊，我知道你素性是不肯示弱于人的，这一回定要显显本领，让我唤人去把你常用的宝刀取来吧。”不一会儿，宝刀取至，精光耀眼，果然是两柄好刀。

王小槐道：“庭前这片空地很是宽大，倒是天然一个比武场，我看就到那边比一下子吧。”大家齐声说好，就簇拥着一同到了那边。李秀英这时已把外衣卸去，露出了一件粉红色的紧身，颇觉娇艳动人。朱镇岳没奈何，也只得卸去了外衣，立在庭的那一端，和李秀英遥遥相向，各把步位守定。蒋小雄道：“如今我要发表一番说话了，你们这一次的比武，不过彼此要见个高下，并没有什么深仇宿恨；所以比起武来，也只可略见大意，万不可穷凶极恶，演出什么流血的惨剧来。我现在斗胆替你们定下一个条例，凡是遇到了万分危险的时候，我喊一声叫你们住，你们不论如何，双方须得立刻停手。如有哪一方不遵守这个条例的，就算是哪一方输了。至于比赛的结果，到底是谁胜谁负，我们大家自有公评。正不必流血折胝，哪一方败到若何的程度，方可算数咧！这一番说话，不知你们二位也赞成吗？”二人听了，想了一想，都齐声说好。于是就动起手来了。

朱镇岳的宝剑出自名师传授，果然名下无虚；李秀英的双刀却也自不恶，曾下过一番苦功夫的，所以两下打在一起，但见剑挡刀，剑气如虹；刀架剑，刀光如雪，一时竟分不出什么胜负来。

打到数十回合后，李秀英见还是不能取胜，心内不免有些着急，便觑一个空，举起双刀狠命地向朱镇岳砍来。朱镇岳不慌不忙地把剑挡过，在收回剑来的时候，剑锋轻轻在李秀英肩上一拂。秀英并没觉得，蒋小雄却早已喊起来道：“如今胜负已定，你们可不必比了。”朱镇岳也停剑笑道：“姊姊的本领果是不凡，算我输了吧。”李秀英住了手，真以为自己是胜了，口中虽没有说什么，面上满露得意之色。

回到厅中，拿了卸下的外衣，向众人说一声少陪，翩翩地走到里面去了。到了自己卧室之中，也不把外衣穿上，便在梳妆台前坐了下来。一壁对镜理妆，一壁心中暗暗在那里得意：“姓朱的这么一个自负的人物，如今也败在我手中了，不知他回去以后要怎样的惭愧，怎样的懊丧呢？我方才末了的这一下刀法，委实不错，不是他们在旁喝着，怕不要教那姓朱的受了重伤而去吗？”

正在这个当儿，忽听她贴身的丫鬟春燕，“咦”的一声喊起来道："姑娘，怎么你的衣上靠着左面肩胛的地方，裂了这么大的一条口呢?"李秀英这才吃了一惊，忙低目向肩上一看，果见靠着左肩的衣上裂了一条大口，用手抚时更使她大大吃惊。原来不但衣上裂了一道口，玉肩上也小小地见了一条划痕，鲜血正沁沁而出呢。这才想到朱镇岳末了，非但挡过自己的双刀，还在自己肩上轻轻拂了一下。幸亏他十分留情，没有下什么辣手，不然万一弄得不好，这左面的连肩带臂，恐怕已不是我所有的了。我方才还疑心他们所以在旁喝住，乃是为他不能挡过我双刀起见，这真是大错了。想到这里不觉又断又愧，又羞又恨，两行珠泪也跟着扑簌簌落了下来。

隔了一会儿，方把春燕唤了过来道："你去到厅上，瞧瞧他们那班人走了没有；如果没有走，你可对他们说，我们姑娘知道自己是输了，所有昨晚拿来的东西，准在今晚仍由我们姑娘亲自送还咧!"春燕应了一声走出厅去，只见一班人还坐在那里，像谈得很起劲似的。等到春燕走出，方把谈锋略止。春燕便把秀英的话照样说了一遍，众人答说："知道了，你去对姑娘说，这些事本来闹着玩玩的，请她不必放在心上吧。"说完也就一齐走出，各自分道回去了。

这天晚上，雪门和尚、景无畏都睡了，朱镇岳还坐在窗前，兀自不肯睡，想要瞧瞧李秀英究竟用什么方法，把这包裹送了来。难不成可以把这包裹，从窗眼里送了进来的?到了三更过后，忽然从窗棂中吹来一阵微风，把桌上放的那盏灯吹得灯光摇摇不定，跟着暗沉沉的，似乎就要熄灭的样子。朱镇岳见了，心内也有些疑惑，但是急切间想不出什么对付的方法。要到窗跟前去望望，又因室中黑洞洞的，恐怕被人所算，还是按兵不动为妙。二三分钟后，风止了，灯光也不摇动了，可是举眼一看，突然发现了一件骇异的事情。原来昨晚被盗去的那个包裹，已赫然放在他的面前了。

朱镇岳心想："这李秀英的本领倒真不错，能在我面前闹这玩意儿，并且在这二三分钟内能把窗棂弄开，能把包裹放入，倒也不是一件容易的事情啊！”想了一会儿也就睡了。第二天对雪门和尚等说知，雪门和尚也很夸赞李秀英的本领不错，不过说，女孩儿家喜欢这样的胡闹，未免太嫌不守本分一点。

这一天下午，蒋立雄受了李无霸之托，又来替朱镇岳说亲，说的就是李秀英。朱镇岳允又不好，不允又不好，只得答以禀明父母再行定夺，总算把这件姻事搁下来了。他们师徒三人在天台山上足足玩了好几天，方别了蒋立雄一干人，向九郎山进发。这一次却是在一起赶路，不是由朱镇岳一人独作前驱了，这是雪门和尚的意思，因恐朱镇岳少年任性，一人独行，或者要闹出什么事来，所以觉得还是一起赶路的为妙。晓行夜宿，不止一天。

这一日，看看快要近九郎山了，远远望去，尘沙扬起，人马历乱，像是山下发生了什么非常的事情。雪门和尚便唤朱镇岳道：“岳儿，你且瞧瞧那一大班人，在那边山下历乱地走动，到底干些什么？”朱镇岳细细望了一望，答道：“照我瞧来，这么人马历乱地走动，恐怕是在那里厮杀吧，再不然就是打猎。不过山下是一片平地，一定没有什么野兽，人为什么要到这里来打猎呢？”

雪门和尚道：“决不会是打猎。厮杀之说，倒有些近情，不过细想起来却也觉得奇怪。这个九郎山上，有青面虎杨继志居住着，他的威名谁不知晓，又有谁敢领了人马，来和他厮杀呢？至于一般草寇，尤其是见了他的影子都怕，素不敢到他山下来放肆一点的，更没有这大胆来捋虎须了。也罢！我们且走近前去瞧瞧。”

边说边向前行，将近那一大堆人历乱走动的地点，方立住了足。人声呐喊，蹄声杂遝，哪里不是厮杀呢？立着瞧了一会儿，忽听雪门和尚低低说道：“这真怪了，朱砂岭的皇甫延龄和青面虎杨继志，是很要好的朋友，这是我素来知道的，如今为何伤了和气，忽然自相残杀起来呢?”景无畏道:“师父已瞧出他们的根苗来了吗?”

雪门和尚悄悄向那边，指了几指，低低说道:“坐在白马上的那个胖老头儿，面上有一大块青色记的，就是青面虎杨继志;坐在黄马上的那个干瘪老头儿，颔下有三绺须的，就是皇甫延龄。他们如果不是伤了和气，为什么各自领了人马，在这山下厮杀，这不是很明白的一件事情吗，我怎会瞧不出根苗来呢?”朱镇岳道:“既是如此，师父何不上前问明情由，向他们劝解一番?师父和他们二人，不是从前都很有交情的吗?”雪门和尚道:“你这话倒提醒了我，说得很是不错!我这番来到这里，恰恰遇到他们发生了失和的事，这好像天教我来替他们调停一下似的。这个调人的责任，怎么还能卸得去呢?凭着我这一点老面子，就去走一遭吧。至于他们肯听不肯听，那是不暇计及的了。”

说完这话，就留朱镇岳、景无畏立在那边，嘱咐他们不要走开。自己迈步上前，走到厮杀所在的切近处，就把手儿乱挥着，高声喊道:“继志兄，延龄兄，你们且停一下儿再厮杀。我是雪门和尚，和你们两方都有点儿交情，特地来替你们说和的。”杨继志和皇甫延龄当雪门和尚迈步来前的时候，早已瞧见了。不过因为相别多年，却已不相认识，暗地却都在那里称奇:我们正在厮杀得高兴，这个老和尚为何冒险来前?难道是他们一方的人，前来帮助他们的吗?及至雪门和尚自己把名报出，又把来此的宗旨说明，方各恍然大悟，果然依照他的说话，各把自己的部下唤住，分驻两起，暂时停止厮杀。两人也走下马来，在道旁拱手立候。雪门和尚即走上前去，向他们两下见礼。

寒暄了一会儿，雪门和尚即含笑问道:“我知道你们都是很要好的朋友，如今到底为了何事彼此失和，竟至调兵遣将，两下厮杀起来呢?”皇甫延龄一听这话，不等杨继志先开口，就愤然作色说道:

“你问我们为什么会失和吗？这个你可问他，至于要我和他讲和，重行言归于好，那是万万做不到的。雪大哥，请你见机一点，不必管我们这些事吧。如今总算瞧在你的分上，暂行休兵一天，我可要去了。我的行寨，就扎在山下杨家谷相近的地方，你如肯枉顾，那是再好没有，我在寨中恭候呢！”说罢一拱手，即跳上了马，领了自家的人马，管自走了。

雪门和尚起初见了他这种傲慢的样子，倒很有些生气，后来想到他素性如此，倒也释然于怀，回头对杨继志笑着说道：“想不到二十多年不见，他还是这般的脾气，你们到底为了何事失和，他又这样地愤愤不平，你能替我略略说个明白吗？”杨继志道：“这里不是讲话的所在，请到山上再谈。”雪门和尚道：“这个也好，容我把两个小徒招了来，我不是一人来的，是和他们同来的呢。”一会儿，把二人招到，向杨继志见了礼。杨继志把二人着实夸赞了几句，即一面挥令自家的人马，各自散归，一面同了他们师徒三众上山。

来到自己家中，在厅中分宾主坐下后，杨继志方叹了一口气说道：“这件事说出来很不值一笑，会扩大到这般地步，更是万万想不到的，让我从头至尾和你说上一说。”

要知杨继志说出些什么话来，失和的原因到底是在哪里？且俟下回再写。

忆凤楼主评曰：

李秀英既败北尚未知，犹欣欣然有得色。及见沁沁臂血，始识真相，不期嘤嘤啜泣，活写出一天真烂漫之少女。而著者之惯用曲笔，亦于此窥见一斑。

雪门和尚之至九郎山，原为访旧，不图却以调人奉屈，情节既变幻莫测，而文心之幻亦随之。

第二十一回

酿事变深山行猎
解纷纠宝帐盗刀

话说雪门和尚同了两个徒弟，跟着杨继志，遵依山路，到了他的家中，在厅中分宾主坐下后，便问起此次两下失和，究竟为了什么原因。

杨继志说了一声：“一言难尽。”正要往下讲去，忽然后厅转出一个少年来，生得面如冠玉，唇若涂朱，一股英爽之气，更从眉宇间扑出，一望而知是个英俊人物。杨继志便向他唤道：“冠儿，快来见见你的雪伯父。”那少年便走到雪门和尚面前，规规矩矩地行了一个礼，回身又和朱镇岳、景无畏见过礼，然后在下首坐下。

雪门和尚笑向杨继志翘翘拇指道：“好个魁尖人物，叫什么名字，今年几岁了？”杨继志道：“什么魁尖人物！这是你过奖他了。他叫冠玉，今年一十六岁。”说到这里，又长叹一声道，“唉！实对你说吧，我所以和皇甫延龄失和，也都是为了这个孽障呢。”雪门和尚道：“到底为些什么事情，快对我讲来，不要拿闷葫芦给人打了。”

杨继志道：“好，好！就对你说个明白吧。冠玉这孽障，他是最爱打猎的，常常独个儿或是同了几个人，拿了枪到远近各处去打猎，有时候竟几天不回来，也不算为稀奇。这一次，他同了两个朋友出去打猎，不知不觉到了朱砂岭上。搜寻了半天，并没有什么可打的野兽，心中不免有些愤怒，忽在此时，有一只金沙眼睛、似鹰非鹰的东西飞了来，他们都不认识是什么鸟；其实是一头金眼雕，停在一棵树上，对着他们，只是叫个不住，并且声音惨厉得很，听去颇不悦耳。

“冠玉正在恼怒的当儿，还有什么好心怀呢？听见了这种不悦耳的叫声，也不管三七二十一，拿起枪来，对着那头金眼雕，就是‘砰’的一枪。说时迟，那时快，枪弹到处，早已打中那雕的要害。‘橐’的一声跌下树来，在地上扑扑地翻了几翻，就不动了。早有冠玉一个同伴，过去拾起来挂在枪杆之上，挑着又向前走。走了一会儿，到了一个所在，见有四五个人在那里踯躅往来，像也是要搜寻什么野兽似的。就中有一个人，偶然抬起头来，一眼看见了他们枪杆上挂的那头金眼雕，就‘咦’的一声喊起来道：‘这不是我们那头金眼雕吗，怎么被他们打了去呢？’

“其余几个人听了这句话，也都睁着眼睛，向枪杆上那头死雕细细望了一望，不约而同地说道：‘怎么不是？你不见头项上那个金圈，还仍旧套着，这不是特别一个记号吗？并且在这山上，除了这头之外，没有第二头金眼雕呢，怪不得放了出去，久不见它回来，原来已被这班恶徒打死了。’说完即蜂拥而前，把冠玉等几个人围住，汹汹向他们责问道：‘你们是哪里来的野人，胆敢把这金眼雕打死？这是我们主人心爱之物，如今既被你们打死，非由你们其中一人偿命不可！’这就是说，谁开枪把他打死的，就得由谁偿命。

“冠玉生成暴躁的脾气，听了这番话，哪里按捺得住？就挺身答道：‘我们是打猎的，野鸟野兽被我们打死的，也不知有多少，打死一只野雕算什么？想不到你们这班人，倒来替这头死雕出头。说什么这是你们的雕，又说什么是你们主人心爱之物，完全是一派胡言，又有谁能相信，这真可笑极了。并且就算是你们的雕，如今已被我

打死，也就没有法子可想，难道真要我偿命不成？打死一只雕，要人偿命，恐怕没有这种道理吧！’

“那些人听了，笑道：‘你以为要你偿命这句话，是徒然说说，用来恐吓你的吗？那你就想错了，我们是说得出行得出，一点不肯含糊的。你要知道我们的主人，不是别人，乃是镇山太岁皇甫延龄，他老人家岂是轻易惹得的？你如今伤了他心爱的宝雕，他肯把你轻轻放过吗？’内中又有个人说道：‘这些野人，我们何必同他们多讲，上去捉住了他们，送往他老人家处发落就完了。’

“这话一说，那班人齐声道是，即围了上来。但是那班人，哪里是冠玉等的对手？怕不是三拳两脚，就把他们打跑了呢。不过临逃之前，却回身对冠玉等说道：‘你们不要逞强，我们立刻就要带了大队人马，来捉你们的，你们如果是不怕死的好汉，可等在这里不要走。’说完，方一溜烟地走了。

“等到他们走后，依着冠玉的意思，很想仍等在那里，和那来的大队人马，拼一下子死命的。倒是同去的两位朋友，很有些儿怕事，说这又何必，如今他们众，我们寡，势力不能相敌。这是在形势上早已瞧得出，无可讳言的，我们又何犯着吃这个眼前亏呢？连劝带说地硬把冠玉拉着走。所以皇甫延龄带大队人马追来时，他们早已到了山下，骑着来时的马，飞也似的向大路上逃走了。但是当时虽然走脱，内中却有个人是认识冠玉的，就对皇甫延龄说了。皇甫延龄听得，自然更加愤怒，第二天便差了个人到我这里，说明情由，要我交出人来，让他带去，剖腹剐心，好给那金眼雕报仇。

“我和皇甫延龄素来很有交情，听得这件事情，心中很是不安；并怪冠玉不是，在来人跟前，很说了许多抱歉和服罪的话。又请他向皇甫延龄转言，请看昔日交情，不要介介于怀，不过把人交他带去这一层，却有些办不到。因为皇甫延龄的脾气，素知他是很暴躁的，如果把人带去，真的被他杀了剐了，这不是当要的事。而打死了一头金眼雕，一定要把人命来抵偿，到底也不成一句话呢！来人听了我这番话，没有别话可讲，也就回去覆命，在我想来，皇甫延龄所以遣人前来责问，不过乘着一时盛怒之下，不久怒气就可消释的。来人回去把我的话对他一说，他瞧着旧日的交情，想来一定没有什么问题了。谁知他不但没有消释怒气，在这事发生两日之后，他竟领了一大队人，汹汹然前来问罪；并说交出打死金眼雕之人便罢，如若不然，便要屠洗我这全山。你道他横暴不横暴，我如何可以依得？自然也愤怒得了不得，暗想：'他依仗人多，竟敢如此跋扈，我如把庄丁佃户以及同族的人，一齐聚拢了来，人数倒也不见得十分少，很足和他周旋的了。'因此，我们两下就对垒起来了，至今胜负未分呢。雪大哥，这件事的始末情形，如今我总算替你讲上一讲了，请你评判一下，到底曲在哪一方，还是他曲，还是我曲？"

雪云和尚道："这自然是他太横暴一点，太过分一点了。好在我恰恰来到这里，凭着我这点老面子，定要出来一做说客，替你们两家说和，不使这事扩大起来呢。"杨继志道："你肯出来说和，那是好极了，我没有不可以应允的。不过他生成的牛性子，就算你很热心，恐怕不见得能有实效吧。"雪门和尚道："谋事在人，成事在天。那我可管不得这么多了，明天我一定就到他那里说去。"

当夜无话，到了次日，雪门和尚就带了朱镇岳、景无畏二人，前往皇甫延龄行寨中。皇甫延龄见雪门和尚来到，很是欢迎，对于朱镇岳、景无畏二人，也着实有一番夸奖的说话。寒暄既毕，又哈哈大笑地说道："雪大哥，你此番不是来替杨继志，做说客的吗？那你未说之前，我先要告罪一声，并要请你原谅，别事都可从命，此事万无商量的余地呢。"

雪门和尚道："你说我来做说客，那你的话就错了，我于你们两方，都有很深厚的交情，无厚此薄彼之理。我已有好多年不和你们见面了，如今来到这里，恰恰遇见了这桩事，心中觉得颇是不快；所以不管丢脸不丢脸，出来硬替你们说和。事的始末情形，我已听杨继志约略说过，其实也算不得一件什么大事，尽有说和之余地，你又何必如此固执呢？”

皇甫延龄道：“这桩事在别人瞧来，或者以为不值一笑的小事，何致大动干戈？然在我这方说来却大极了。我来对你实说吧，我生平所爱的东西，只有两件，一是我身上所佩的这柄宝刀；一就是被那小子打死的这头金眼雕。我把这两件东西，宝爱得如同性命一般。曾在人前宣言过，凭我这点本领，定要把这两件东西紧紧保守着。我在世上一天，这两件东西也存在一天，不使和我分离。但是这两件东西中，这金眼雕是活的，不能终日带在身上，比较地难保护一点。万一这头金眼雕放出去玩耍的时候，被人误伤了，或是打死了，那我定要仗着这口宝刀，替它报仇，并亲自加刃仇人之身，决不肯姑息一点。再万一这口宝刀也被人盗去了，这明明是天意所弃，不要我保有这两件东西，我也就没有话可说了。

“所以照如今说来，如要我收兵回山，不再提报仇一事，除非有什么能人，把我这口宝刀盗去，否则再休提起！但我这口宝刀，是终日佩带在身，晚间又枕之而卧；就有人要盗此刀，纵有天大本领，恐怕也有点儿难办吧！”说着，在刀鞘中拔出那把宝刀来，在手中耀了几耀，重又插入鞘中，接着一阵哈哈大笑。

雪门和尚道：“照此说来，我要替你们说和，除非先把你的这口宝刀，盗到手不可了？这种盗刀的玩意儿，倘在少年时候，定要不顾前后干上一干。如今老了，哪里还有这种兴趣呢？罢，罢！我从此再也不向你们提说和二字了，并且我这趟虽说是劳而无功，但是我的一片心总算已尽咧。”说完，就要告辞。

皇甫延龄哪里肯放，硬留他住上一二天，并说在他留居这里的时候，绝按兵不动，不和杨继志去厮杀。雪门和尚情不可却，也只得住下来了。

第二天一个清早，皇甫延龄忽在帐中嚷了起来，说他的宝刀不知在夜中什么时候，被人盗去了。请了雪门和尚来，雪门和尚也没有知道这件事，倒被他弄得莫名其妙。正在这个当儿，却见朱镇岳笑容满面地走了进来，径在皇甫延龄面前跪了下来，头上顶着一件东西，不是那口宝刀是什么呢？说道："请叔父恕侄儿的罪，侄儿一时大胆，在夜中把叔父这口刀盗了来了，如今请叔父收回吧。"

不知皇甫延龄听了这番话，如何回答，后来究竟收兵与否，且俟下回再写。

忆凤楼主评曰：

皇甫延龄军容赫赫，一怒兴师，有气吞河岳之概。人以为其与杨继志，必有不共戴天之仇矣，孰知不然，其起因乃为一金眼雕，此之谓小题大做，然而一发不可收拾矣。

雪门和尚与双方皆有缟纻之雅。调人之责，固义不容辞，亦义不当辞者也。然而一遇固执成性之皇甫延龄，于是乎进退维谷，于是乎难煞调人。

金眼雕与宝刀，纯为二事，顾皇甫延龄必欲并为一谈，大有宁为玉破，毋为瓦全之意，此老性情乖僻乃尔，殊令人望而生畏，不敢与之相周旋。

第二十二回

住黑店行旅惊心
诛强人师徒定计

话说朱镇岳顶刀在首，跪在皇甫延龄面前，说出这番话后，雪门和尚听了，露出一种又惊又喜的神情，皇甫延龄一时也呆了起来。隔了一会儿，才说道："好孩子，真有本领，竟连我的刀，也神不知鬼不觉的，居然盗了去了。如今我除自己心中惭愧，并立刻退兵之外，还有什么话可说呢？事已如此，这刀我就老着脸皮收了，你也请起来吧。"边说边取了刀，又把朱镇岳扶了起来，回头复翘着拇指，对雪门和尚说道："名师门下出高徒，果然话不虚传。他这一点点年纪，已具上这种本领，将来怕不要横行天下吗？"

雪门和尚道："这孩子实在太多事了，你做师叔的，应该责备他几句才是，怎么还可夸奖他哩！并且他干这桩事，竟独断独行的，也不预先禀知我一声，似乎有些不对啊。"

皇甫延龄道："这倒不要怪他，他如果禀知了你，你或阻止他不许干，那时进退两难，岂不乏趣？他想到了这一层，因就不敢预先对你说了，这是少年人一种普通的心理，不足为奇。你我如在少年时代，遇着这桩事情，恐怕也是如此办法吧。"雪门和尚这才没有话说。

皇甫延龄又含笑向朱镇岳道："你能在夜间把我的这口刀盗去，

使我一点儿也不觉得，果然是好本领。但当时到底是怎样盗去的，也能把这情形，对我约略说上一说吗?”

朱镇岳道：“这事一点也不稀奇，师叔既要我讲，我就照实讲了吧。我当时听师叔说，除非有人把师叔这口刀盗去，师叔方肯说和退兵；否则无论如何，万无退兵之理。我就很替我师父着急，因为他老人家，这番是抱着一片热忱而来的，满望两家讲和的事一议就可成功。如今这样一来，这件事不是弄僵了吗？并且盗刀这种玩意儿，又不是他老人家所肯干的，不是更加绝望了吗？于是我又想到，倘我能瞒着他老人家，偷偷把这口刀盗了来，师叔既是有言在先，那时一定不能翻悔，这就可把已成的事实，换个局势了。就是他老人家知道了，一定也很欢喜，绝不会怎样责备我的。想到这里，高兴得了不得，就决计实行我这个计划。到了夜深人静的时候，就偷偷掩进这边帐中来了。”

皇甫延龄道：“这间行帐，防备并不怎样严密，像你这般本领，要掩进帐来，本来并不烦难。不过我自问，昨晚并不怎样沉睡，这口刀又是放在枕下，你怎能神不知鬼不觉地就把它盗了去，这不是一件奇事吗?”

朱镇岳笑道：“这倒完全得力于小说了。我在家中的时候，曾看过一部小说，说一个人在夜中，偷进人家屋中，去盗一种宝贝。恰值那家的主人醒来，闻得一点声音，惊问什么人在室中走动，他一时情急智生，就假作鼠子啃物之声，居然被他混了过去，那主人重复睡去了。等得到了床边，要实行下手偷盗，谁知这件宝贝恰恰平压在主人枕下。于是他又心生一计，取了一根篾条，轻轻在主人颊上骚动，主人梦中觉痒，不由自主地一个翻身向内。他就乘这当儿，轻舒妙手，把这宝贝自枕抽出，盗了去了。我昨晚就照这两个方法行事，不过略加变通，大同小异罢了。所以照事讲来，完全是鸡鸣狗盗的勾当，实在算不得什么呢。”

皇甫延龄笑道：“怪不得昨晚我在蒙眬之中，听得有极细碎走动的声音，和着猫叫之声，原来就是你来到我的帐中吗？那我未免太疏忽一点了。至于梦中搔痒这回事，却一点没有觉得呢。”

雪门和尚师徒在那里住了两天，方才重回九郎山。皇甫延龄果然依照约言，领着他纠合的那班人马，自归朱砂岭，从此两家复言归于好了。

雪门和尚到了九郎山，领了两个徒弟，去见了见山上住的一班镖客。又在山上盘桓了好几天，方始辞了杨继志，重行赶路。经过朱砂岭时，雪门和尚一则不欲前去惊扰皇甫延龄，二则岭上除了皇甫延龄之外，别无可访之人，也就悄悄过去，不再上岭。

朝行夜宿，不止一日。这一天，刚从一个山峰下转出，看看天色快要晚了，景无畏露着十分困乏的样子说：“师父，我们找个所在歇了吧，我实在有些走不动了。”

雪门和尚笑道：“这本来难怪，你一个没有练过功夫的人，要和我们已经练过功夫的人一起赶路，本是一件困难的事情。但我所以如此主张，要教你和我们一起赶路，也是为你起见，好教你习点劳苦，练得一点外功，以作将来练习内功时的预备呢。你瞧前面远远望去，不是有几间屋子吗？我们快点走上前去，就在那边找个所在歇了吧。”说着，大家飞步上前，到得那边一看，是一家客店，门前挂着“悦来客店”四字，专备过路人们歇宿的。

三人一到店门之前，就有伙计把他们接了进去。只见柜台内坐着一个三十多岁的大汉，虽是满面掬着笑容，却暗暗露着几分杀气，大概就是他们的掌柜。到得里面，在东偏房住下，正屋早已住下人了。雪门和尚便问接他们进来的伙计，这里是什么地方？甘沟谷去此有多少路？伙计答道：“这里叫孤树村，甘沟谷离此不远，只有三十里了。”说罢自去。当下有别的伙计前来料理茶水，并问要什么点心，什么饭菜充饥。雪门和尚正想说：我们自有干点，不必烦劳你们，那景无畏却早已嚷着肚子饥，并说道：“好，好！随便什么点心，你就去拿点来吧。”雪门和尚无奈，只得说道：“那么别的不要，你还是拿一盘馒首来吧。”伙计答应了一声，去了不一会儿，拿了一盘热烘烘的馒首进来，说道：“这是小店最拿手的点心，诸位爷请尝尝吧。”

景无畏本在很饥的时候，听得了这句话，更是饥火中烧，也就不管三七二十一，抢了一个馒首，拿在手中就吃。朱镇岳却两眼望着雪门和尚，专等他的表示。

雪门和尚等那伙计退去之后，一伸手要去夺那景无畏手中的馒首，却早已吃完了。雪门和尚便向景无畏低声埋怨道：“你也太性急了，怎么见着馒首，抢在手中就吃？一个人出门在外，比不得自己家中，凡事须要小心在意。在这僻野的地方住宿，更要时时防着那种丧良害理的黑店，不可疏忽一点。这个馒首，万一中间放有蒙汗药，你一旦吃了下去，那还了得，怎么可以不细细考察哩?”

这话一说，景无畏登时吓得面如土色。雪门和尚又拿起一个馒首，折成两爿，向鼻边细细嗅了几嗅，说道：“这味儿很不正当，定有什么蒙汗药放在里面，不过放得不多，发作较迟罢了。但是不要害怕，我这里带有解药，无论怎样强的药力，都能解得呢。岳儿，这茶水内恐怕也有些儿靠不住，你且拿只杯子，偷偷到他们放水缸的所在，去取些凉水来，好让我调些解药给你师弟吃。这些馒首，也让我藏过一旁，免得他们见了疑心。”

朱镇岳听完，应了一声自去。隔了一会儿，偷偷地取了一杯凉水来，又慌慌张张地低声向雪门和尚说道：“师父所料不错，这里果是一家黑店。”雪门和尚也低声问道：“你怎么知道，难道已得着了他的凭证吗?”朱镇岳道:“我方才走到后院中，恰恰没有一个人在那里，便走到水缸边，取了一杯凉水。却见靠水缸那间屋中，隐约有灯光射出来；便偷偷向内一张，不张犹可，一张却使我惊得什么似的。原来室中四壁，都挂着人腿，张着人皮，还有血淋淋的一颗人头，也挂在那里。如此看来，不是黑店，又是什么呢?”

雪门和尚一壁取出解药，和凉水调在一起，调了给景无畏吃，一壁又悄声问道:“这正屋住的是些什么人，你也瞧见吗?”

朱镇岳道:“我方才走过那边的时候，曾经抬眼望了一望，好像是一伙商贾，行李很是沉重。”雪门和尚道:“如此说来，这班人今晚很有些儿危险了。我们既然瞧见，应得暗中保护他们一下。如今我们两人，一人守在这里，一人去在正房前暗暗守着。来一个，杀一个，谅想这班脓包，决不是我们的对手，一个也不使他们漏网。”朱镇岳道:“此计甚好，师父请就守在这里，正屋那边，由我去就是了。”

到了晚间，店中派人前来行事，果然一个个都被杀死。谁知朱镇岳一个疏忽，竟没把一个贼人杀死，却被他逃了去，登时惊动了他们的掌柜，带了店中其余的人来，但是哪里是朱镇岳的对手?不上一刻工夫，早已伤的伤，死的死，倒得满地皆是。那位杀气满面的掌柜，也胸前受着重伤，倒在地上呻吟，不能起来厮杀了。等到雪门和尚闻得厮杀之声，赶来想助一臂之力，早已风平浪静，无事可为。于是师徒二人，朝地下检视一番，把那受伤未死的，一个个捆了起来，然后唤同景无畏，走向正屋中。

只见那班人都受着蒙药，直挺挺地倒在床上，也有药力发作时，不及上床，就倒在地下的。雪门和尚见了叹道:“如今世途险恶，遍地都是荆棘，出门人一个不小心，就要被奸人所害，弄到如此一个结果呢。”说完，唤朱镇岳取了一大碗凉水来，拿出解药调和了，灌给那一班人吃。不多时，吐出了些恶水，一个个都醒了过来。却都糊里糊涂的，不知是怎么一回事，各瞪着一双眼睛，向雪门和尚师徒三人望着。

雪门和尚等他们神志稍清，方把前事约略说了一说，那班人这才恍然大悟，齐向雪门和尚一行人拜谢不迭。雪门和尚又道："我是出家人，出面很是不便。到了明天，还是由你们诸位去报官，好得这里有现成的人肉作场，可以作得证据，官府决不会难为你们诸位呢。"那班人齐声道："长老这话很是，这事应得我们去办，长老尽请放心。"

到了次日，黑店的事，自由那班商贾前去报官，不在话下。雪门和尚一行三人，别了众人，重又赶路。

走不上一天，雪门和尚忽听背后有人大声唤道："雪老头陀，如今可被我撞着了，你再想逃到哪里去？"雪门和尚听了，倒小小吃了一惊。

不知这人是谁，且俟下回再写。

忆凤楼主评曰：

景无畏一见馒首，即夺而塞之口中，一似身自饿乡中来者，活写出一不知世途艰险之少年公子；若朱镇岳则神态较为安详，盖受雪门和尚之熏陶有自矣。

往日之黑店，一般行旅望之生畏，然尚有形而可防者也。若今日之旅馆，春色暗藏，满伏害人之陷阱，一般青年且乐就之之不惶，孰有目之为黑店者？此则其为害，视昔日之黑店为尤烈矣。吁，可哀哉！

第二十三回

寿筵前群雄献艺
华堂上有客传杯

话说雪门和尚，正在途中走着，忽听背后有人高唤“雪老头陀”，并说了“如今可被我撞着了，你再想逃到哪里去?”这些话，不免小吃一惊。连忙回头看时，却是老朋友高源荣，最是一个惫怠鬼，生平最喜向人打趣和爱说笑话的。也就笑着说道：“原来是你，倒吓了我一大跳！怎么十多年不见，你还是这种冒失的脾气啊?”边说边立住了足，早见高源荣领了一大班人走到跟前，内中也有认识的，也有不认识的。

一一见过以后，高源荣又问道：“你带了两个高徒，不是要到刘黑子刘大哥那里去吗?”雪门和尚很惊诧地问道：“我确是要到他那里去，你怎会知道?”高源荣笑道：“这个怎会不知? 本月十六是他六十寿诞之期，你和他很有点交情，自然要前去拜寿。我们这班人，也都是去和他老人家拜寿的咧!”雪门和尚道：“这倒巧极！不过我此去的原意，却是要带我两个徒儿去见见他，倒没有记得他的寿诞呢。如此说来，我倒又得着一个机会，可和一班旧友见见面了，我们一同走吧。”

等得到了刘家坡，刘黑子对于雪门和尚，自然很是欢迎，那时五湖四海的朋友，已着实来得不少。本来像刘黑子这种交游广阔，结遍天下英雄，遇到他的六旬寿诞，哪一个不要来和他庆祝一番呢？到了十四、十五两日，宾客更是来得多了。朱镇岳、景无畏二人初出茅庐，竟得乘此机会，和天下英雄相聚一堂，心中自然高兴得了不得。雪门和尚和这个叙叙离踪，和那个谈谈别况，也觉得忙极了。

转瞬十六诞日已到，挂灯结彩，热闹非凡。又邀了几班戏班来，在院中搭着高台，轮流搬演。那只广大无比的大厅中，摆着几十桌的酒席，一点也不觉挤，还绰绰有余的。正中一席中央的一个座位上，就是请寿翁刘黑子坐着，刘黑子起初再三不肯，经不起众人你拉我挽，定要他坐，也只得勉强坐了，于是众人又争着来敬酒。饶你刘黑子怎样量宏，也吃得有点酩酊了。

一会儿，又有人提议，今天前来拜寿的都是当世英豪，至少具有一种绝艺，须得各把这种绝艺奏献出来，算是替刘黑子上寿，也不枉了这个盛会。这时大家都已有了几分醉意，一听这话，自然欣然赞成。

即有一个五短身材，五十多岁的汉子出来说道："我只会一点小玩意儿，算不得什么绝艺，就让我先来献丑吧。"随教人取了许多烧得绝红绝热的炭结，平铺在地上，他就脱去鞋袜，打着赤足，在这上面往来行走，直至炭结烧完，方始停止。看他足底时，也不发红，也不起泡，不过微微沾着点儿炭灰罢了。大家齐声赞道："好本领，不愧'铁足张三'这个名称！"朱镇岳、景无畏二人，这才知此人就是江湖上著名的铁足张三。

跟着又有一个留着几根黑髭须的小胖子，出来说道："张三哥的本领果是了得！我也要练一种，和他大同小异的玩意儿，给诸位瞧瞧。不过没有练得他这样好就是了。"大众看此人时，乃是"小太保"李锦棠，就齐声说道："李二哥的轻身术，乃是山陕一带素来有名的。今天肯练些出来给我们开开眼，真是千载难逢的机会，这都沾着刘大哥的光啊！”李锦棠听了这种言语，只是微微一笑，便教人取了几石面粉来，平铺在地上，他又取了一双钉鞋穿着，就在上面很从容地走去。脚过处，非但没有脚印，连鞋底钉子的印子也不留。一连往来走了几次，都是如此，始终不留下一点痕迹。大众不期又欢呼起来，称赞他的本领真是了得。

朱镇岳悄悄向景无畏说道：“在面粉上走去，一点不留痕迹，这还不算稀奇。大概凡是会轻身术的，都能做得到。所奇的，他这么很胖的身躯，竟能练成这么一身出众惊人的轻身术，那倒很不容易咧！”景无畏点头称是。

李锦棠练过之后，又有两个人出来，一个人练了一套三截棍，一个人走了一趟单刀，也都了当非凡。在这大众夸赞的时候，忽见高源荣，一跳一跳地走了出来道：“你们都把本领显过了，让我也来一套马猴跳。”大众一听“马猴跳”这三个字，登时哄堂大笑。高源荣倒板着脸儿说道：“你们不要笑，这‘马猴跳’是我新发明的一种本领，也可算是我的一身绝艺呢。”说完，就很不规则的，在地上乱纵乱跳起来，引得大众更是哈哈大笑，并齐说“好个马猴跳！”高源荣道：“你们不要性急，这不过是开始的几手，好的还在后头呢。”说完此话，把身子向上一耸，就不见了。

大众抬头望时，这么大的厅堂，一时哪里寻得见？都笑道：“好奇怪，马猴到底跳到哪里去了？”却见高源荣在一根横梁中伸出头来道：“我在这里，你们瞧不见我吗？”大众忙注目瞧时，可是身子一晃，又不见了，却又在对面一根横梁中说起话来道：“我早已到了这里，你们还望着那面则甚？”

他如此地跳来跳去，疾如猿猴一般，倒累大众望得颈项都酸了。有几个望得不耐烦的，就高声喊道：“你的马猴跳的本领，我们已经拜服了，不要这般乱跳了，快下来吧！”只听高源荣答道：“你们唤我下来，我就下来便了。”话声未完，早见他已直挺挺地立在众人面前，正不知何时跳了下来呢。于是欢呼之声又大起，争把他来夸赞，但他早已溜到自己原席中去了。

接着又有许多人，出来练家生，差不多把各种兵器都练遍了，真是极一时之盛。忽又有个圆圆脸儿、胖胖身材的汉子出来说道：“你们把各种兵器，总算都练过了，弓箭却还没有人练过，让我来试试吧。”大众向他看时，却是“神箭手”薛光明。齐道：“讲到弓箭总要让你薛大哥，别人哪敢班门弄斧呢？如今我们得开眼界，真是三生有幸，到底你要练哪一种啊？”薛光明道：“我要射空中飞鸟。”说着，取了一张雕弓来，引弓在手，静向天空中望着。这时恰有一双白燕比翼飞来。光明瞧见，更不怠慢，即扯弓发箭，但听得“嗖”的一声响，早一箭贯双燕，一齐射了下来了。众人由不得一齐叫好，并道：“不愧是神箭手！”

此时，却由众人中走出来一个瘦长身材的汉子道：“神箭手的本领果是不弱，我也想来一个玩意儿陪伴陪伴他。”众人道：“王五哥，你来什么玩意儿？想来一定是很高明的。”王五道：“方才神箭手用箭射下空中飞鸟，如今我换一个花样，要用空手抓下空中飞鸟来。不过我要声明一下，我并非存心要和他比较什么高下，而且我这个玩意儿，也不见得一定高于他，只因他这个玩意儿很是神妙，我看了很是高兴，所以我也跟着来一个罢了。”

众人道：“这番意思我们早已知道，你可不必声明，薛大哥也是明白人，决不会误会呢。如今瞧你的吧。”王五便向空中一望，恰恰又有一双燕子飞来，便不慌不忙地用手向空中一抓。只见这双白燕即向他手中，翩然堕了下来。众人见了，自然一齐叫好，连那神箭手薛光明，也把头点个不住，禁不住喃喃地说道：“这玩意儿真好，比我那个高明多了。”王五一壁谦谢着，一壁又说道：“这还不算数，我还要把这双白燕平放在掌中，教他飞去不得哩。”说着，即把掌子展开，只见这双白燕屡次要作势飞起，却似有什么东西，吸住了它一般，终究飞不起来。众人诧道：“这双白燕莫非已受了伤，所以飞不起来吗?”王五笑道：“它们一点没有受伤，不过我不让它们飞起罢了。如果我肯放了它们，它们立刻就可飞去的，你们瞧吧。”说时，对着这双白燕说了一声“去吧”，那双白燕好似遇赦一般，就立刻很自由地重又飞入碧空中去了。

众人见了，莫不啧啧称怪。此后又有许多人出来献艺，一时也不及细述。献艺已毕，重又入席，这一席酒足足吃到晚间十一点钟，方才尽饮而散。

朱镇岳初时，以为自己的本领了不得，暗暗颇存下一种自大之心。及见了此番的献艺，知道天下能人正多，自己这点本领实是算不得什么。从此颇存警惕之心，和从前大不相同了。

刘黑子寿诞之后，接连又闹了两天，一众英豪方始陆续散去。雪门和尚同了朱镇岳、景无畏便也向刘黑子告辞，刘黑子坚留不获。

石门山、苏家河两处，本来是想去走一趟的，只因这两处的英豪，已在刘黑子寿筵上统统见过，也就中止不去，决定取道鬼门关，回归报恩寺。

晓行夜宿，在路不止一天。

这日雪门和尚向前面一望，朝着他两个徒弟道：“鬼门关快到了，这是个不祥的所在，你们千万要留意啊!”

不知到了鬼门关，曾否遇见什么奇事，且俟下回再写。

忆凤楼主评曰：

寿筵宏开，群英各献绝艺，诚为一时盛事。朱镇岳、景无畏何幸竟得参与其间，吾殊羡其眼福不浅矣。

高源荣之“马猴跳”，名目既新颖又奇怪，人初闻之，必以其为开玩笑之举耳。孰知确有惊人之本领献出，于是乎高源荣之名，乃与“马猴跳”三字轰然而俱传。

第二十四回

人驱驴驴作人言
咒伏虎虎知咒语

话说雪门和尚带同朱镇岳、景无畏一齐赶路，走了好多日，方到了鬼门关境界，这时夕阳西下，暮色苍茫，望见前面绵绵亘亘，都是高山峻岭。

朱镇岳道：“我们要赶过这许多山头，倒很费事。”雪门和尚道：“赶山头还在其次，过了这许多山头，就到鬼门关，那里峭壁巉岩，飞鸟绝迹，‘鬼门关’三字真是名副其实。那时我们还得想法过去呢。”景无畏道：“我们不如在这里歇息一下，然后就道罢，饿了肚子赶路未免太不上算。”雪门和尚、朱镇岳二人，被他一提，觉得肚子果然饿了，但是四面张望一下，竟没有歇足的地方。

景无畏走上一个高坡望了一望，喊道：“有了，有了！在这丛林之中，好像有一所人家，我们可以进去坐坐。”说完，便引导二人穿过丛林。谁知到得切近，抬头看时，却是一所破败庙宇，匾额上隐隐见“无量寺”三个字。走进门时，只见佛像东倒西卧，残缺不全，幸而地上放的八个蒲团，却还整洁。于是三人各据一个，拿出干粮大嚼一顿。

雪门和尚道：“这里不便多行耽搁，我们还是趁着暮色，赶过前面山岭，然后再作办法。所怕的是，天快要黑下来，万一来不及赶过鬼门关，要在这深山中过夜，倒是一件为难的事情呢。”景无畏忽然拍手大笑道：“好，好，巧极了！如今我们不用焦劳，代步的东西现现成成地有了。有了这个东西，还怕赶不到鬼门关吗？”说着用手向后院一指，于是雪门和尚、朱镇岳都抬头向后院中看去。只见蔓草之中，站立了三匹驴子，伸长了它们的瘦颈，正在那里咀嚼残草。三人见了都很欢喜，立刻立起身来，一人捉住一只跨上背去，加鞭向庙外赶去。

但是这三匹驴子，都露着疲惫不堪的样子，一走一颠，气吁不已。走了好多时，还没有走多远路。雪门和尚道：“这就糟了，骑驴还不如步行的快，这如何是好？”朱镇岳这时恨极了，使起了性子，把驴子痛痛地抽了数下。说也奇怪，那驴子受了几鞭，果然向前驰去。但是不上一会儿，又迟缓下来了，好容易到了山脚下，三匹驴子一齐昂着头颈，向山上瞪目望着，好似惊异的样子，却抵死也不肯走上一步。

朱镇岳道：“好奇怪！难道山上出有什么妖怪，所以驴子不敢上去吗？”雪门和尚向山上细细地视察了一回，说道：“这山上一派清朗之气，照我看来，定不会有什么妖怪。”景无畏道：“这是驴子可恶，欺我们是生人，不肯听命罢了。”说着，也把自己骑的驴子痛痛鞭策起来。那驴子负着痛，果然拼命向山上爬去。还没有爬上四五级石级，已经力竭气尽，一个翻身跌倒下来。景无畏便从驴背跌下，虽没有怎样受伤，却一时气愤极了，跳起身来，狠狠地把驴子打了一顿。谁知那驴子忽然怒视着他，口作人言疾声喊道：“难道你要打死我吗？”这时，雪门和尚和朱镇岳骑的两只驴子，也一同开口哀求道：“可怜些我们，不要打吧。”

这么一来，慌得景无畏倒退了几步，瞪着两目只管发怔。朱镇岳也忙从驴背上蹿下，向雪门和尚喊道：“不好了，驴子会作人言，这正是妖异呢!”说着就抽出剑来，待要刺下，雪门和尚忙摇手止着他道：“不要如此鲁莽，我瞧这三只驴子，一定有什么冤苦呢。”说着也从驴背上蹿下来。

这时天色已晚，一轮明月正从山顶上透出，从月光中望去，只见脚下却有一道溪泉。便叫朱镇岳、景无畏一同挽着驴子，来到泉边。雪门和尚向驴子说道：“你们如要回复原形，只有喝清水的一法，如今快快喝了清水再说吧。”三只驴子听了这话，似乎很能理会，却一齐抢到泉边，伸长了头颈，把泉水一阵狂吸。只一会儿，三只驴子果然一齐变成了人形。雪门和尚骑的变成一个老人，景无畏骑的变成一个少年，朱镇岳骑的变成一个少妇。三人一齐跪倒在地，泣不可抑。

朱镇岳、景无畏见所未见，不免惊奇万分，只是呆呆地看着。雪门和尚道：“他们一定受了什么妖术，所以变了驴子，这是道家中一种邪术啊。不过素来凡是已变了驴子的，就不能再作人言；他们方才说起话来，大约是冤结于中，又加着熬不住这痛苦，因此不觉开口说出话来了。如今我们且不要赶路，把此事探听一个明白，再作计较。”说着，便先问那老人怎么会变了驴子。

老人道：“小人石荃，素在衡州贩卖布匹，这二人是我的子媳。因为年老力衰，无意再在外面经商，所以挈同他们回归故乡。那天经过这里，天色已黑，就在无量寺宿夜。不料到了午夜，忽有一个披头散发、黑面獠牙的恶道走进门来，一言不发，只对着我们念念有词，跟着又向我们各吹了一口气，待我们向自己身上一看，却都已变成驴子了。这时我们哭不出声，说不出话，只好由他摆布。他没收了我们的钱财行李，便把我们驱入院中。那院中已有六匹驴子现在着，大约也是人变的。在前数天内，那恶道领了贩驴子的人进来，谈定价钱，先后把那六匹驴子带去。贩驴子的因为我们生得太瘦，只肯出些贱价，所以还没有成交。今天那恶道走出门去了，恰巧你们进寺来，把我们带出，再生之德没齿不忘！”说着，同了他的子媳趴在地上，叩起头来。

雪门和尚道：“照你所说，那恶道的模样，想来大约就是伏豹山的飞杖大师，我早已听人说过了，不过不大相信，现在方知人言非虚。他既胆敢这样作恶，我非把他制伏不可。我想他回到寺中不见了驴子，定要追寻到这里来，我们快快藏躲，然后再作办法。”说着便同众人走上山去，找得了一个树木丛密的山洞，教石荃和景无畏等一齐躲入，自己同朱镇岳在洞外守待着。

隔了一会儿，只听得一阵怪风呜呜作响，自远一至。二人偷偷从月光中望去，果见一个道士模样的人，大概就是那飞杖大师，飘飘忽忽地从那边路上走来。到了山脚之下站着了，在地上查看一回，含着一脸怒容，又抬起头来向山上瞪望着，两道眼光电光似的，直向山洞中注射。

雪门和尚见飞杖大师来势甚凶，便想先发制人。随手拿了一块山石，向飞杖大师的头颈上抛去。飞杖大师只把铁杖一挡，那山石依旧飞回，老鹰扑兔似的，直向雪门和尚击来。亏得雪门和尚眼快，连忙闪过一边，更向山下看去。飞杖大师早已狂吼一声，向山上冲来了。雪门和尚同朱镇岳，一齐拾了山石向他乱抛。飞杖大师虽把铁杖挡住，但是石子好似雨点般地飞来，一时颇有点应接不暇，只得反身飞跑到了山脚下，猱身直上一棵树巅，口中划然长啸。一时山风暴起，吹得草木索索作响。

正在此时，就有一只白额猛虎，陡从草丛中蹿出，向飞杖大师炯目怒视，跟着又狂吼一声，直向树上扑来。飞杖大师口中念念有词，只把铁杖向猛虎一点，那虎顿时俯伏地上，动也不敢一动。飞杖大师又向虎念了几句咒语，那虎好似会意似的，又吼了一声，反身蹿上山去，直向雪门和尚扑来。

雪门和尚知道这虎，是飞杖大师招来抵敌自己的，心中倒暗暗好笑："这些邪术算得什么，难道以为我没有降服的法子吗?"一壁想着，待到那虎扑到自己面前时，也把指头一指，念上几句咒语。那虎悟会意思，登时又向飞杖大师反戈，反身蹿下山去，直向树上扑来。飞杖大师一壁把铁杖抵住那虎扑上树来，一壁又念咒语，教它再去反扑雪门和尚。但是已经失了效验，那虎只管在树下跳荡，并不住地暴吼。

朱镇岳见了这种情形，早已提了宝剑飞跑下山，想要跳到树上去和那飞杖大师厮杀。飞杖大师高踞树上，把铁杖左右挥舞，朱镇岳同着那虎，竟无从近得身去。正在为难之时，那虎忽地伸出两爪向树根乱抓。不一会儿，树根周围的泥土都被虎爪扫尽，那棵树没有了依傍，立刻倒将下来，飞杖大师也随树跌下，急忙跃起身来，同朱镇岳和虎扑斗。

雪门和尚在山上看得清楚，又飞起山石向飞杖大师的头颈上打来，飞杖大师急忙举起铁杖来挡。朱镇岳觑了这个空，猛地跃上一步，挺刀直刺他的心窝。飞杖大师直喊得一声"哎哟"，便仰面翻下。那虎何等敏捷，早已扑到他的身上，向他咽喉咬了一口，看看他已不动，便伏身在地，捧了他的身子咀嚼起来了。

那时，雪门和尚望见飞杖大师已死，便伴同石荃、景无畏等下山来，互相庆幸一番。看那虎时，已把飞杖大师的尸身啖尽，只是摇尾晃脑，依依于雪门和尚的腋下。雪门和尚又向他念了几句咒语，那虎好似叩别的样子，朝雪门和尚跪了一跪，便向丛草中蹿去了。雪门和尚又指点石荃等回家的路径，直待石荃等拜谢而去，不见人影，才偕同朱镇岳、景无畏踱上山岭。

朱镇岳道："想不到师父也会念咒语，这我在从前倒不知道。"

雪门和尚笑道："这是一个四川人传授给我的，不料如今却得到它的用处了；否则那妖道念起咒语来，我们就是不被虎咬死，也要同石荃这样变成驴子了。"说着，就向鬼门关进发。

这鬼门关不过形势险恶罢了，却居然平安过去，没有发生什么事，也就无可记述。一过鬼门关都是些平阳大道，更无可记了，不久就回到报恩寺，出游的事便告了一个段落。

我这部《江湖小侠传》也就在此结束了。至于朱镇岳和景无畏后来究竟如何？朱家的剑术，怎么会分传一支到云南去的？这许多节目，且等续集出时再行交代明白。

忆凤楼主评曰：

驴作人言，虎知咒语，皆怪事也。作者忽于本回中，将此二事尽情一写之，盖亦欲别开蹊径，而为读者一新耳目耳。幸弗以其事近荒诞而少之。

本书系以朱镇岳为主，小侠即指朱镇岳，此正集所叙，皆为其少年旅行时所见所闻事。故一至旅行告终，重归古刹，正集亦即铿然奏尾声。此后种种事迹，以及其他小侠之行事，统于续集中详述之，诸君拭目以待也可。

全书完

平江不肖生年表

徐斯年　向晓光　杨　锐

说明：

1. 本表曾于2010年递交平江不肖生国际学术研讨会交流。2012年11月刊于《西南大学学报（社会科学版）》第38卷第6期。2013年4月又刊于《品报》第22期。杨锐近据新见资料做了补充和订正，现将杨之补充稿与原稿加以合并，以飨同人。

2. 表内所记年月，阳历均用阿拉伯数字记载，阴历及不能确认阴、阳历者均不用阿拉伯数字。年龄均为虚岁。

3. 部分著作尚未查明初版时间，附录于表后备查；其中部分著作未见原书，有待辨别真伪并考证写作、初版时间。

1890年**（清光绪十六年庚寅）**1岁

是年赵焕亭约7岁（约生于光绪四年）。

阴历二月十六日戌时，向恺然生于湖南省湘潭县油榨巷向隆泰伞厂。原名泰阶，册名逵，字恺元。原籍湖南省平江县。祖父贵柏，祖母杨氏。父国宾，册名莹，字碧泉，太学生；母王氏。

按：此据民国三十三年（1944）六修《向氏族谱》[1]。向氏1951年所撰《自传》[2]称“六十二年前出生于湖南湘潭油榨巷向隆泰伞店内”。1951年为62岁，是为虚岁。向隆泰伞厂原为黄正兴伞厂，店主黄正兴暮年以占阄方式将伞厂平分，无偿赠予向、王二店员，向姓店员即恺然祖父贵柏。向氏姻亲郭澍霖自幼与黄家为邻，有遗稿述其经过甚详。

1893 年（清光绪十九年癸巳）4 岁

姚民哀生于是年。

向恺然在湘潭。

1894 年（清光绪二十年甲午）5 岁

是年 8 月中日甲午战争爆发。次年 4 月，日本强迫清廷签订《马关条约》。

向恺然开蒙入学。祖父贵柏公卒。

1897 年（清光绪廿三年丁酉）8 岁

顾明道生于是年。

向恺然在湘潭。

1900 年（清光绪廿六年庚子）11 岁

向隆泰伞店歇业，向恺然全家搬回平江。

按：此据《自传》[3]。后迁居长沙东乡，具体时间未详。

1902 年（清光绪二十八年壬寅）13 岁

还珠楼主李寿民生于是年。

向恺然或已在长沙。

按：黄曾甫谓："他的父亲虽曾在平江县长庚毛瑕置过薄户，但后来迁到长沙县清泰都（今开慧乡）竹衫铺樊家神，置有田租 220 石和瓦房一栋。"[4] 黄与向有"通家之谊"，20 世纪 30 年代曾任《长沙戏报》社长。

1903 年（清光绪廿九年癸卯）14 岁

湖南巡抚赵尔巽奏准成立“省垣实业学堂”，光绪三十四年（1908）更名“湖南省官立高等实业学堂”。

向恺然考入湖南实业学堂。是年秋，识王志群于长沙。王为之谈拳术理法，促深入研究并作撰述。

按：《自传》云：“就在十四岁这年考进了高等实业学堂。但是只读了一年书，便因闹公葬陈天华风潮被开除了学籍……因此只得要求父亲变卖了田产，自费去日本留学。”对照陈天华自尽、公葬时间，考入高等实业学堂时间当在是年年末。凌辉整理之《向恺然简历》[5]谓“考入长沙高等实业学堂学土木建筑”。所记校名与正式校名略有出入，该校初设矿、路两科，“土木建筑”或指路科。

中华书局 1916 年版《拳术》序言：“癸卯秋，识王子志群于长沙，为余竟日谈”拳术理法，并谓：“吾非计夫身后之名也，吾悲夫斯道之将沦胥以亡也。欲求遗真以启后学，若盍成吾志焉！”[6]王志群（1880—1941），号润生，长沙县白沙东毛坡人，著名拳术家，以精于“八拳”及“五阳功”、“五阴功”闻名。

1904 年（清光绪三十年甲辰）15 岁

向恺然在读于湖南实业学堂。

1905 年（清光绪三十一年乙巳）16 岁

12 月 8 日（阴历十一月十二），陈天华在日本东京大森湾蹈海自尽，以死报国。

向恺然在读于湖南实业学堂。

1906 年（清光绪三十二年丙午）17 岁

5 月 23 日（阴历闰四月初一），陈天华灵柩经黄兴、禹之谟倡议筹办，运回长沙。各界不顾官方阻挠，议决公葬岳麓山，5 月 29 日举行葬仪。

向恺然参与公葬陈天华，因而遭实业学堂挂牌除名。父亲变卖部分田产，筹集赴日留学经费。向恺然从上海乘“大阪丸”海轮，赴日留学。

按：关于首次赴日留学时间，有 1905、1906、1907、1909 四说。对照陈天华蹈海、公葬时间，1905 年说可排除。湖南省文史馆藏《向恺然简历》（凌辉整理件）记为 1906 年，与向恺然《我失败的经验》中“前清光绪三十二年，我第一次到日本留学”的自述一致。《国技大观·拳术传薪录》说“吾年十七渡日本”，可知他习惯以虚岁记年龄。《留东外史》第一章谓“不肖生自明治四十年即来此地”（明治四十年即 1907 年），当指定居东京时间。《湖南文史馆馆员简历》所收《向恺然传略》谓“于 1909 年东渡日本留学”，经查宏文学院结束于 1909 年，是知“1909”当系“1906”之误。赴日留学经费来源，向一学《回忆父亲一生》云：“这田产的来由，是曾祖父逝世后，祖父将向隆泰伞厂收束，在祖籍平江长庚年毛坡城隍土地买了四十石租和房屋一幢，又在长沙东乡苦竹坳板仓（开慧乡）竹山铺樊家神买下良田二百二十石租和房屋一幢。留日的学费就是从这些田产中，拿出一百二十石租变卖而来。”

1907 年（清光绪三十三年丁未）18 岁

祖母杨氏太夫人卒于是年。

向恺然当于是年考入宏文学院并加入同盟会，与湘籍武术名家杜心武、王润生（志群）等过从甚密，并从王润生学“八拳”。

按：或谓向氏先入东京华侨中学，后入宏文学院。《简历》称在宏文“学法政”。经日本早稻田大学中村翠女士查实，宏文学院并无法政科。

王志群于光绪三十一年（1905）赴日留学，在宏文学院兼习柔道，并加入同盟会。民国元年（1912）回国，在长沙授拳。次年得黄兴资助再次赴日。民国四年（1915）回国后继续从事拳术传授，后任湖南大学体育教授。向恺然在《国技大观·拳术传薪录》中叙述在日本从王学拳经过颇详。

中村翠2010年11月22日致徐斯年函谓：“弘文学院的校名于1906年改称为‘宏文学院’，因此向恺然就读的是宏文学院。根据现存的史料，该学院好像没有设置‘法政’科（设置普通科、速成普通科、速成师范科、夜学速成理化科、夜学速成警务科、夜学日语科）。该学院于1906年废止‘速成科’。如果向恺然入普通科（三年），他主要学日语，其他科目还有算术、体操、理化、地理历史、世界大势、修身、英语和图画等等。”

1911年（清宣统三年辛亥）22岁

4月27日（阴历三月廿九），黄兴、赵声指挥八百壮士攻入两广总督衙门，与清军激战一昼夜，兵败而退。起义军牺牲百余人，后收敛遗骸72具葬黄花岗，称“黄花岗七十二烈士”。黄兴于29日（阴历四月一日）脱险，返回香港。10月10日，武昌起义爆发，清政府被推翻。

7月，赵焕亭发表小说《胭脂雪》。

是年阴历二月向恺然从日本返湘，于长沙创办“拳术研究所”。三月，与友人程作民往平江高桥看做茶。十一月，借住长沙《大汉报》馆，与同住之新宁刘蜕公相识，常围炉听刘谈鬼说怪。

按：向氏在《我研究拳脚之实地练习》[7]中称：宣统三年“二月，从日本回家”；“三月，我和同练拳脚的程作民到平江县属的高桥地方去看做茶。”程作民即《近代侠义英雄传》第66回所写陈长策之原型。《国技大观·拳术传薪录》：“宣统三年，主办拳术研究所于长沙，遭革命之变，所址侵于兵，遂为无形的破产。”向晓光2010年4月11日致徐斯年函云：“据我伯父的儿子向犹兴回忆，五六年八月从华中工学院因病休学回长沙住在我祖父家南村十号，祖父经常与他聊起祖父以前的经历，谈到一件事，黄花岗七十二烈士、当年祖父也参入（与），要不是跑得快就是七十三烈士了。”向犹兴2010年8月15日所撰《忆我的祖父平江不肖生》谓：“祖父说参加了黄兴率领革命党先锋队百多人在广州举行的起义，从下午激战到深夜，因寡不敌众伤亡惨重。我祖父也身受重伤而未致命才免遭一劫。”此段经历在已掌握的向恺然著述中均未见记载，由于缺乏旁证，暂不载入系年正文。

章士钊《赵伯先事略》云：“议以广东为发难地，分东西两军，取道北伐。西军经广东，入湖南，会师武汉，黄兴主之。东军贯江西，出湖口，直下江南，则伯先为帅也。”后因邓明德被捕，“夙计不得不变”，改分数队分攻各处，“队员皆同人自充之”。“期四月一日一举而取广州，黄兴为总司令，先率同仁入粤。伯先与胡汉民留守香港，至期会合。于是吴、楚、闽、粤、滇、桂、洛、蜀、越、皖、赣十一省才士乐赴国难，无所图利者，相继来集。”以此推测，向恺然若参与其事，或与黄兴有关，当于高桥归后即赴广州。

向恺然《蓝法师捉鬼》：“辛亥年十一月，我住在长沙大汉报馆里，我并没有担任这报馆里何项职务，只因这报馆的经理和我有些儿交情，就留我住在里面。当时和我一般住在里面的人，还有一个新宁的刘蜕公。这位刘蜕公的年龄虽是很轻，学问道德却都不错，他有一种最不可及的本领，就是善于清谈种种的奇闻怪事，也不知他脑海里怎么记忆的那么多。那时天气严寒，我和他既没担任甚么职务，每到夜间同馆的人都各人忙着各人的事，唯我和他两人总是靠近一个火炉，坐着东扯西拉的瞎说。”

1912年（民国元年壬子）23岁

1月1日，中华民国成立，孙中山就任临时大总统。2月12日，清帝退位。4月1日，孙中山解职，让位于袁世凯。8月，同盟会等团体联合改组为中国国民党。

9月（阴历八月），向恺然撰成《拳术》（即《拳术讲义》）一卷，署名“向逵”，刊于《长沙日报》。随即返回日本。

长子振雄生于11月28日，字庚山，号为雨。生母为杨氏夫人。

按：1928年5月1日《电影月报》第2期载宋痴萍《火烧红莲寺之预测》云：“壬子予佐屯艮治《长沙日报》，一夕恺然来访，携所著《拳术讲义》一卷授予曰：‘行且东渡，绌于资，此吾近作，愿易金以壮行色。’”向氏《国技大观·解星科（三）》后记有“壬子年遇曹邑周君子漠于日本”语，是知当年返日。《拳术·叙言》末署“民国元年壬子八月”，是知返日时间或在九月间。

向氏长子振雄，毕业于中央军官学校，抗战期间曾参与长沙、衡阳保卫战等，卒于民国三十五年丙戌六月十八日（1946年7月16日）。母杨氏夫人生于清光绪十五年阴历六月初三，有子二：振雄、振宇。据至亲回忆，还有一子夭折；又有一女，名善初，生卒年均未详，故皆未列入系年。向恺然后来又在上海纳继配夫人孙氏，名克芬，卒于民国十七年。有一领养子，名振熙，8岁夭亡，时在“长沙火灾”前后，亦未列入系年。

1913 年（民国二年癸丑）24 岁

3 月，袁世凯指使凶手暗杀宋教仁，二次革命随后爆发。湖南督军谭延闿在谭人凤、程子楷等推动下宣布独立，7 月 25 日组成湖南讨袁军，程任第一军司令（后任总司令），与湘鄂联军第三军（军长邹永成）同驻岳州。8 月初，与拥袁之鄂军在两省边境鏖战，终因兵力不足退守城陵矶。8 月 13 日，谭延闿宣布取消独立，程子楷遭袁世凯通缉，流亡日本。

向恺然任岳阳制革厂书记，并在长沙与王润生共创“国技学会”。曾遇李存义之弟子叶云表、郝海鹏，初识形意拳、八卦拳。湖南独立后，出任讨袁第一军军法官，曾驻岳州所属之云溪。事败，随该军总司令程子楷再赴日本，就读于东京中央大学。

按：向恺然在《回头是岸》中曾说：“民国壬子年，不肖生在岳州干一点小小的差事，那时的中华民国才成立不久，由革命党改组的国民党，在湖南的气焰，正是炙手可热，不肖生虽不是真正的老牌革命党，然因辛亥以前在日本留学，无意中混熟了好几个革命党，想不到革命一成功，我也就跟着那些真正的老牌革命党，得了些好处。得的是甚么好处？第一是得着了出入官衙的资格，可以带护兵马弁，戴墨晶眼镜……”对照相关文献、史实，可知文中“壬子”当系“癸丑”之误——《拳术见闻录·蒋焕棠》亦谓：“癸丑七月，余创办国技学会于长沙，焕棠诺助余教授。今别数载，不知其焉往也。”《猎人偶记》第六章则谓：“民国癸丑年七月，余从讨袁第一军驻岳属之云溪”。“时前线司令为赵恒惕，正与北军剧战于羊楼。余方旁午于后方勤务，无暇事游猎也。迨停战令下，日有余闲，（居停主人）徐乃请余偕猎。”

《湖南省文史馆馆员传略》[8]谓向氏在制革厂所任职务为“书记长”。

"国技学会"即"国技会"，前身为1911年之"拳术研究所"。《国技大观·解星科》：民国二年"复宏"拳术研究所之旧观，"创办国技学会，得湘政府补助金三千元，延纳三湘七泽富于国技知识者近七十人"。遇叶云表、郝海鹏事，见《练太极拳的经验》。

1914年（民国三年甲寅）25岁

4月，《民权素》创刊于上海，编者蒋箸超、刘铁冷。7月，孙中山组成中华革命党，再发起反袁运动。

向恺然在日本撰写长篇小说《留东外史》，始用笔名"平江不肖生"。

是年十月向恺然当已归国，曾由平江至上海小住。

按：《猎人偶记》第一章云："及余年二十五，曾略习拳棒，相从出猎之念，仍不少衰于时，家父母亦略事宽假，遂得与黄（九如）数数出猎焉"；"十月中旬"，"持购自日本之特制猎枪"，随黄于平江"白石岭"猎麂。所述年龄若为虚岁，则于是年即已归国。

又，《好奇欤好色欤》谓："甲寅年十月，我到上海来，在卡德路庆安里，租了一所房子住下"就《自传》称1915年（乙卯）归国，疑记忆有误。

1915年（民国四年乙卯）26岁

1月，《小说海》创刊于上海，编者黄山民。12月12日，袁世凯宣布实行帝制，改元"洪宪"。12月25日，蔡锷在云南发动"护国运动"，各省纷纷响应。

向恺然加入中华革命党江西支部，继续从事反袁活动。

7月至12月，所著《拳术（附图）》（无附录）连载于《中华小说界》第2卷第7期至第12期，署"向恺然"。

1916年（民国五年丙辰）27岁

是年初，袁世凯任命之广东都督龙济光先后镇压广州、惠州反袁起义；4月6日，迫于形势，宣布广东“独立”；4月12日，以召开广东独立善后会议为名，诱杀护国军代表汤觉顿、谭学夔等，史称“海珠惨案”。

约于是年初，向恺然受中华革命军江西省司令长官董福开委派，赴韶关游说龙济光属下之南、韶、连镇守使朱福全起义反袁，恰遇海珠之变，身陷险境。当于六月下旬脱险。随后即应友人电召至沪，与王新命（无为）、成舍我赁屋南阳路，专事写作，卖文为生。

3月，《变色谈》发表于《民权素》第16集（未完），署“恺然”。

3至4月，《拳术见闻录》发表于《中华小说界》第3卷第3—4期，署“向恺然”。

5月，《留东外史》正集一至五卷由民权出版部陆续初版发行。

8月，《无来禅师》发表于《小说海》第2卷第8号，署“恺然”。

10月，《朱三公子》发表于《小说海》第2卷第10号，署“恺然”。

11月，《丹墀血》（与半侬合撰）发表于《小说海》第2卷第11号，署“恺然”。

12月，《皖罗》发表于《小说海》第2卷第12号，署“恺然”。

同月，《拳术》由中华书局初版发行（后附《拳术见闻录》），署“平江向逵”。

按：是年6月19日，云南护国军张开儒部攻克韶关，朱福全弃城逃遁，向恺然因而脱险，与《拳术传薪录》谓：“民国五年友人电招返沪”在时间上基本切合。《我个人对于提倡拳术之意见》中亦称：“民国五年，友人电招返沪，复创中华拳术研究会于新闸新康里，未几因有粤东之行，事又中止。”《自传》：“遇海珠事变，几遭龙济光毒手。”或谓即海珠事变后遭朱福全囚禁。

王新命叙与向恺然、成舍我共同“卖文”等事颇详，包括向恺然为稿酬问题与恽铁樵“决裂”，当时与向同居之女友为“章石屏”等[10]。关于与与恽铁樵“决裂”事，经查1916—1918年《小说月报》目录，未见有“向逵”、“恺然”或“不肖生”作品，而署名“无为”者亦仅两篇。

《留东外史》正集卷数据董炳月《“国民作家”的立场：中日现代文学关系研究》；又见范烟桥《最近十五年之小说》。《变色谈》等篇刊载月份均为阴历。按：林鸥自编《旧派小说家作品知见书目》著录有《变色谈》一种，署“向恺然著”，不知出版时间及单位，详情待查。

1917年（民国六年丁巳）28岁

是年沈知方于上海创办世界书局。1月，《寸心杂志》在北京创刊，主编：衡阳何海鸣。

向恺然在沪。

1月，中华书局印行《拳术》第12版。2月，“奇情小说”《寇婚》发表于《寸心杂志》第3期，署“不肖生”。《中华新报》或于是年连载向恺然所撰《技击余闻》。

11月1日，《申报·自由谈》刊载《留东外史》“第四集”出版广告（按：这里的“第四集”当指后来称为“正集”的第四卷，下同）。

是年又曾返乡暇居，一度出任湖南东路清乡军军职，驻长沙东乡。随后当即返沪。

按：《猎人偶记》第三章云：“民国六年里居多暇，辄荷枪入山，为单人之猎”；第六章：“丁巳八月余任湖南东路清乡军，率直隶军一连驻长沙东乡。”返沪时间当在下半年。黄曾甫云：“民国初年军阀混战时期，地方不宁，向恺然曾一度被乡人推任为清泰都保卫团团正（团副为李春琦，石牯牛人）。余幼年读小学时，曾亲见向恺然来我家作客，跨高头骏马，来往于清泰桥、福临铺之间。”王新命《新闻圈里四十年》称向恺然《技击余闻》于《中华新报》刊出后“尤脍炙人口”。据其所述时间，当在民国六年。待核该报。

1918 年（民国七年戊午）29 岁

向恺然在沪。

3 月 1 日，《申报·自由谈》刊载《留东外史》“第五集”（当指正集第五卷）出版广告。

次子振宇生于是年 2 月 25 日，字一学，号为霖。生母为杨氏夫人。

按：《江湖异人传》谓：“戊午年十一月，我从汉口到上海来，寄居在新重庆路一个姓黄的朋友家里。”

向振宇，黄埔军校第 15 期毕业，1937 年入空军官校为第 12 期飞行生。1941 年 11 月赴美受训，次年归国，编入空军第四大队。曾驾机参与鄂西、常德、衡阳等七大战役，先后击落日机两架。1991 年 7 月卒于长沙。

1919 年（民国八年己未）30 岁

是年向恺然曾一度自沪返湘，与王志群创办国技俱乐部于长沙，不久返沪。

2 月，《拳术见闻录》由上海泰东图书局出版单行本，署“向逵恺然”。

4 月 1 日，长篇武侠小说《龙虎春秋》由上海交通图书馆出版，署“向逵恺然”。

按：创办国技俱乐部事，见《我个人对于提倡拳术之意见》等。《龙虎春秋》共 20 回，叙年羹尧及“江南八侠”故事。

1920 年（民国九年庚申）31 岁

向恺然在沪。《半夜飞头记》或作于是年。

按：《半夜飞头记》第一回述及友人于“四年前”曾读《无来禅师》，问是否知其故事，因而引起作者撰写本书之意向（见时还书局民国十七年第八版）。据此可推知写作时间；初版时间或即在同年，当由上海时还书局印刷发行。学界多将《双雏记》、《艳塔记》与《半夜飞头记》并列为向氏作品，实则《双雏记》为《半夜飞头记》之一续（二集，书名已在《半夜飞头记》结尾作过预告），《艳塔记》为二续（三集），另有《江湖铁血记》为三续（四集），分别出版于民国十五年（1926）10 月、十七年（1928）7 月、十八年（1929）2 月，均由上海时还书局印行。续作者为“泗水渔隐”，即俞印民（1985—1949），浙江上虞人，曾就读于绍兴府中学堂、上海吴淞中国大学；曾任武汉《大汉报》副刊助理编辑，抗战爆发后任国民政府西安行营少将参议，第一、第十战区少将秘书。《艳塔记》自序略谓：“不肖生著《半夜飞头记》，久而未续，时还书局主人访余于吴下，具言不肖生事繁无间，将嘱余以蒇其事。余不治小说久矣，昔年主汉口《大汉报》时，以论政之余，间作杂稿以实篇。旋以主人之请，遂为续《双雏记》以应。兹事距今，忽忽两年矣。”

1921 年（民国十年辛酉）32 岁

世界书局改为股份公司，先后设编辑所、发行所、印刷厂，并于各大城市设分局达三十余处。

向恺然当在沪。

1922 年（民国十一年壬戌）33 岁

3 月，《星期》周刊创办于上海，编者包天笑。8 月 11 日，《红杂志》周刊创刊于上海，编者严独鹤、施济群。

顾明道《啼鹃录》、姚民哀《山东响马传》分别出版、发表于是年。赵焕亭始撰《奇侠精忠传》。

向恺然在沪。

8 月 3 日，包天笑主编之《星期》周刊第 27 号始载笔记小说《猎人偶记》第一章，署"向恺然"；9 月 10 日第 28 号载第二章；9 月 17 日第 29 号载第三章；9 月 24 日第 30 号载第四章；10 月 15 日第 32 号载第五章；10 月 29 日第 35 号载第六章。同刊 10 月 22 日第 34 号、11 月 5 日第 36 号连载《蓝法师记》（含《蓝法师捉鬼》《蓝法师打虎》两篇）。

10 月 1 日，《留东外史》续集（六至十集）由上海民权出版部出版发行。

10 月 8 日，《星期》周刊第 32 号开始连载《留东外史补》，署"不肖生"，"天笑评眉"。

是年，《聪明误用的青年》连载于《快活》杂志第 24、26、27 期，署"不肖生"。

是年向氏曾为中国晚报社编辑《小晚报》，其间初会刘百川。

按：《留东外史》续集出版时间据董炳月《"国民作家"的立场：中日现代文学关系研究》。向恺然《杨登云》（上）："记得是壬戌年的冬季。那时在下在中国晚报馆编辑小晚报，有时也做些谈论拳棒的文字，在小晚报上刊载……而刘百川也就在这时候，因汪禹丞君的绍介，与我会面的。"《小晚报》详情待查。

1923 年（民国十二年癸亥）34 岁

6 月，《侦探世界》半月刊创刊于上海，编者先后为程小青、严独鹤、陆澹安。第6期始刊姚民哀《山东响马传》。赵焕亭始撰《奇侠精忠传》。

向恺然在沪。

1月5日，《红杂志》第22期开始连载《江湖奇侠传》。

1月21日，《留东外史补》于《星期》第47号载毕，共计13章。

3月4日，《星期》周刊第50号刊载《我研究拳脚之实地练习》。

3月6日，《红杂志》第34期、第50期分别刊载短篇《岳麓书院之狐疑》《三个猴儿的故事》。

5月11日，《三十年前巴陵之大盗窟》发表于《小说世界》第2卷第6期，署“不肖生”。

6月1日（?）《侦探世界》第1期开始连载《近代侠义英雄传》，署“不肖生”。6月21日（?）第3期、7月5日（?）第4期、7月19日（?）第5期分别刊载短篇小说《好奇欤好色欤》上、下及《半付牙牌》，10月24日第10期、11月8日第11期刊载《纪杨少伯师徒遇剑客事》上、下，十一月朔日第13期、十一月望日第14期刊载《纪林齐青师徒逸事》上、下，均署“向恺然”。

7月6日，《陈雅田》发表于《小说世界》第3卷第1期，署“不肖生”。

9月14日，袁寒云发起“中国文艺协会”，向恺然参会并在同乡张冥飞介绍下与袁寒云相识。

按：《北洋画报》第8卷第355期袁寒云《记不肖生》一文云：“予客海上时，曾因友人张冥飞之介识之；且与倚虹、天笑、南陔、芥尘、大雄、东吴诸子，共创文艺协会。”另据郑逸梅《“皇二子”袁寒云的一生》云：“克文来沪，和文艺界人士，颇多往还。民国十二年他发起中国文艺协会，九月十四日，开成立大会于大世界之寿石山房，到者六十人，均一时名流，推克文为主席。十一月十五日又开会选举，当然克文仍为主席，余大雄、周南陔为书记，审查九人，为包天笑、周瘦鹃、陈栩园、黄叶翁、伊峻斋、陈飞公、王钝根、孙东吴及袁克文。干事二十人，为严独鹤、钱芥尘、丁慕琴、祁黻卿、戈公振、张碧梧、江红蕉、毕倚虹、刘山农、谢介子、张光宇、胡寄尘、张冥飞、余大雄、周南陔、张舍我、赵苕狂、徐卓呆等。但不久，克文北上，会事也就停止，没有什么活动了。"

9月，与姜侠魂、陈铁生等编订《国技大观》，内收向恺然所撰《我个人对于提倡拳术之意见》（见"名论类"）、《拳术传薪录》（见"名著类"）及《述大刀王五》、《解星科》（三篇）、《窑师傅》、《赵玉堂》（见"杂俎类"之"拳师言行录"）。同月，上海振民编辑社出版、交通图书馆印行《拳师言行录》单行本，列入"武备丛书"；署"杨尘因批眉，娄天权评点，向恺然订正，姜侠魂编辑"。严独鹤主编之上海《新闻报》约于是年下半年开始连载《留东新史》。

是年8月，世界书局出版《江湖怪异传》（前有张冥飞序）。

是年，世界书局出版《绘图江湖奇侠传》第一集（1—10回）、第二集（11—20回）及《近代侠义英雄传》第一集（1—10回）、第二集（11—20回）。

是年由合肥黄健六介绍，向恺然在上海居士林皈依"谛老和尚"，听讲《慈悲永谶》。

按：《侦探世界》第1至8期封面、封底均无出版月日，文中所注时间出自推算。叶洪生《近代中国武侠小说名著大系·平江不肖生小传及分卷说明》谓美国斯坦福大学胡佛图书馆藏有民国十二年世界书局原刊本《绘图江湖奇侠传》。国内曾见此版，似用刊物连载之纸型直接付印，分册装订。《国技大观》扉页署"向恺然 陈铁生 唐豪 卢炜昌著"；"名著类"中除《拳术传薪录》外又收"向恺然注释”之《子母三十六棍》，该篇原出《纪效新书》，作者为明代俞庐江（大猷）。

《新闻报》1924年3月19日始载《留东新史》第26章，由此推测初载当在1923年（待核始载之确切时间）。或称不肖生又撰有《留东艳史》，写作、出版时间未详。

皈依“谛老和尚”事据向氏《我投入佛门的经过》。按：“谛老和尚”当即天台宗名僧谛闲法师（1853—1932），俗姓朱，法名古虚，字谛闲。光绪十二年（1886）由上海龙华寺方丈、天台宗四十二代祖师迹瑞法师授为传持天台教观四十三世祖。叶恭绰、蒋维乔、徐蔚如等均为其居士弟子。

《近代侠义英雄传》第一集有沈禹钟序，署“癸亥秋月”。第三至八集初版时间待查。《江湖奇侠传》第三集以后之初版时间有待核查、考证，暂不列入本表系年；参见顾臻《〈江湖奇侠传〉版本研究》[11]。

1924年（民国十三年甲子）35岁

7月18日，《红杂志》出至2卷50期（总100期）停刊；8月2日，《红玫瑰》出版第1卷第1期，编者严独鹤、赵苕狂。

向恺然在沪。

1月，《变色谈》连载于《社会之花》第1—4期，署名“不肖生”。

《侦探世界》续载《近代侠义英雄传》。又，元旦第17期载短篇小说《天宁寺的和尚》，三月朔日第21期载《吴六剃头》，四月朔日第23期载《江阴包师父轶事》，四月望日第24期载《拳术家李存义的死》。四月末，《侦探世界》终刊，共出24期，第24期刊载《近代侠义英雄传》4回，其他各期每期刊出2回，共计50回。

《红杂志》续载《江湖奇侠传》。又，2月29日2卷30期、3月7日31期、3月28日34期、5月16日41期、5月25日42期、6月6日44期、6月13日45期分别刊载短篇小说《熊与虎》《虾蟆妖》《皋兰城上的白猿》《喜鹊曹三》《两矿工》《一个三十年前的死强盗》《无锡老二》。

《红玫瑰》续载《江湖奇侠传》。又，8月9日1卷2号刊短篇小说《名人之子》，9月6日6号刊《李存义殉技讹传》（为《拳术家李存义的死》正讹），10月11日11号、10月18日12号、11月15日16号、11月22日17号、12月6日19号、12月20日21号分别刊载短篇小说《神针》《快婿断指》《孙禄堂》《黼福生》《没脚和尚》《黑猫与奇案》。

6月26日，《新闻报》连载《留东新史》结束；30日始载《玉玦金环录》。

7月，世界书局出版《留东新史》3册，共36章。

按：《名人之子》为短篇社会小说，正文署“向恺然”，题下有赵苕狂按语云：“向君别署不肖生，素以武侠小说著称于世，兹乃别开生面，以此社会短篇见贶。绘影绘声，惟妙惟肖，绝妙一回官场现形记也。读者幸细一咀嚼之。苕狂附识。”《留东新史》出版时间据董炳月《“国民作家”的立场：中日现代文学关系研究》。

1925年（民国十四年乙丑）36岁

向恺然在沪。

《江湖小侠传》由世界书局出版发行。

《红玫瑰》1月17日1卷25号、2月7日28号、2月28日31号、3月28日35号、4月4日36号、4月11日37号、4月18日38号、5月23日43号、6月6日45号分别刊载短篇小说《恨海沉冤录》、《傅良佐之魔》、《侠盗大肚皮》、《无名之英雄》、《秦鹤岐》、《绿林之雄》（上下）、《三掌皈依记》、《何包子》。

5月1日，《新上海》第1期开始连载《回头是岸》，署“不肖生”，至1926年第3期共载七章半。

5月，陈微明设“致柔拳社”于上海，向恺然从之习练杨氏太极拳数月；适王志群来沪，又从之习吴氏太极拳。

按：《江湖小侠传》有初版广告见《红玫瑰》2卷1期。《练太极拳之经验》：“到乙丑年五月，幸有一位陈微明先生从北京来到上海”，设立致柔拳社教授太极拳，乃得初习数月。而《近代中国武侠小说名著大系》所收《我研究推手的经过》则谓“一九二三年在上海从陈微明先生初学太极拳”，“一九二三”当为“一九二五”之误。陈微明（1881—1958），湖北蕲水人，曾举孝廉，任清史馆编纂。先从孙禄堂习形意拳、八卦掌，后从杨澄甫习太极拳。著有《海云楼文集》《太极拳讲义》等。

1926年（民国十五年丙寅）37岁

是年7月，国民革命军分三路从广东正式开始北伐。9月10日，国民革命军第八军（军长唐生智）所部刘兴第四师占领湖北孝感，廖磊时为该师第三团团长。

向恺然在沪。

6月1日，《江湖奇侠传》第86回在《红玫瑰》2卷32号载完，编者在“编余琐语”中宣告：不肖生之《江湖奇侠传》共86回，本期业已登完。现请其接撰《近代侠义英雄传》，以备本刊第3卷之用。但3卷1号所载为《江湖奇侠传》之87回，仍系向恺然手笔。6月，世界书局印行之《江湖奇侠传》或已出至第九集（79—86回）。

6月6日，《上海画报》第118期发表《郴州老妇》，署“向恺然”。其“后记”为“炯”所撰识语，云：“向恺然先生别署不肖生，技击之术，为小说才名所揜。兹篇（系）愚丐张冥飞先生转求得之者，所述又为武侠佚闻，弥足珍焉。”

同年，上海《新闻报》连载《玉玦金环录》结束（该书连载稿酬为千字4.5元），后由中央书店印行，改名《江湖大侠传》。

《红玫瑰》2月14日2卷17号、3月13日21号、7月7日37号、7月14日38号、7月21日39号、8月5日41号、8月12日42号分别刊载短篇小说《癞福生》、《梁懒禅》、《至人与神蟒》（上下）、《甲鱼顾问》、《杨登云》（上下）。

是年大东书局出版《留东外史补》。

是年撰成《近代侠义英雄传》第51回至第65回。

按：刘兴部占领孝感之后又曾出击广水、武胜关、汀泗桥，占领汉口；10月奉命留两湖整训。

1927年1月之《新闻报》已无《玉玦金环录》，是知连载结束于1926年。稿酬据向晓光所藏新闻报馆民国十五年二月六日致向恺然函原件。

大东书局出版《留东外史补》之时间据董炳月《“国民作家”的立场：中日现代文学关系研究》，待查此版是否初版。

《红玫瑰》所载《江湖奇侠传》回序、回目与后来印行之各种单行本回序、回目不尽相同，参见顾臻《〈江湖奇侠传〉版本研究》。《红玫瑰》3卷1号所载第87回开头有“因此重整精神，拿八十七回以下的《奇侠传》与诸位看官们相见”之语，正文文风亦与前相似，故论者多认为此回与88回仍属向氏手笔。世界书局所印《江湖奇侠传》第十至十一集，版权页所标印行时间与第九集同为是年6月，由于此二集涉及“伪作纠纷”，所署时间是否真实待考。参见顾臻《〈江湖奇侠传〉版本研究》。

《近代侠义英雄传》第51回末陆澹庵评语："著者前撰此书，仅五十回，即已戛然而止，读者每以未睹全豹为憾，今乘暇续成之。"同书第66回开头正文则谓："这部侠义英雄传，在民国十五年的时候，才写到第六十五回。"均指51回至65回写于《侦探世界》终刊之后。

1927年（民国十六年丁卯）38岁

2月3日，唐生智第八军扩编为第四集团军，原第四师扩编为第三十六军，军长刘兴；下辖第一师师长为廖磊。4月12日，上海发生反革命政变，国共、宁汉正式分裂。4月18日，武汉国民政府誓师继续北伐，三十六军挺进豫、皖。8月，唐生智通电讨蒋；9月，三十六军沿长江南岸进至芜湖，进驻东西梁山。10月，南京政府决定讨伐唐生智，唐退守湖南，三十六军失利西撤。11月，唐生智下野，三十六军退守湖南长沙、平江、浏阳、金井一线。

向恺然当于2、3月间离沪，就任三十六军军部中校秘书，随军驻湖北孝感。曾建议第一师师长廖磊在天后宫设立军民俱乐部，开展文体活动，敦进军民情谊。8月以后当随军往返于鄂、皖、湘。

是年二月二日（阳历3月5日），《红玫瑰》第3卷第7号续载《江湖奇侠传》第88回毕。编者在"编余琐话"中宣告："不肖生到湖南做官去了，一时间没有工夫撰稿。《江湖奇侠传》只得暂停数期。"此后该刊续载者当皆系伪作。九月，中央书店印行《玉玦金环录》。

按：向恺然在孝感事迹据《向恺然逸事》[12]，然该文所述时间及部分细节与史实不符。本《年表》所记刘兴部进驻孝感时间、番号变动情况等，均以其他历史文献为依据。又《孝感市志·大事记》：是年5月6日，中共孝感县特别支部发起举行"倒蒋演讲大会"，"国民革命军第四师十七团宣传队"曾与会并发表演讲（按：

“第四师”或指刘兴部队旧番号，时已扩编为三十六军，该师或即指廖磊师）；6 月 30 日，国民党极右分子会同土劣进入县城，勒缴农民自卫军枪支，驻军第三十六军第一师及教导团占领县党部、农协、妇协及总工会驻所，史称“湖北‘马日事变’”[13]。可知廖磊部（或包括三十六军其他部队、机构）在此期间确仍驻扎于孝感，撤离时间或在 8 月。

1928 年（民国十七年戊辰）39 岁

是年初，刘兴率三十六军撤至溆浦。在李宗仁压力之下，刘兴辞去军职，闲居上海，廖磊接任三十六军军长，部队受桂系节制。4 月 5 日，蒋介石誓师“二次北伐”，白崇禧率三十六军再沿京汉路进军豫、冀，9 月 10 日攻占唐山、开平。11 月 19 日第四集团军缩编，三十六军缩编为第十师，廖磊为师长，仍驻开平。

向恺然随军进驻天津附近之开平。其间或曾挂职于天津特一区区署及市政府。

据《江湖奇侠传》相关内容改编，由张石川执导、明星公司发行之电影《火烧红莲寺》在沪上映；其后连续拍摄至 18 集，掀起武侠影片摄制热潮及武侠文艺热潮。

7 月 17 日，《红玫瑰画报》第 6 期（非卖品）刊出《江湖小侠传》《侠义英雄传》《江湖奇侠传》广告。

9 月 4 日，《红玫瑰画报》第 8 期刊出《留东外史》广告。

按：向氏挂职天津政府机关一事，当与时任天津特别市政府参事之黄一欧（黄兴之子）有关。详见 1929 年《北洋画报》8 月 6 日所载亦强《不肖生生死问题》及 8 月 8 日所载袁寒云《记不肖生》二文。电影《火烧红莲寺》又有第 19 集，为香港所摄制。

1929 年（民国十八年己巳）40 岁

是年初，廖磊部或已进驻北平。3 月，唐生智与蒋介石合作倒桂，刘兴潜回旧部，逼走白崇禧，率部参与蒋桂战争。

顾明道《荒江女侠》开始连载。

向恺然当于是年初随廖磊部进驻北平，随即辞去军职。8 月间，随黄一欧赴津。同年夏秋间，受聘为沈阳《辽宁新报》特约撰述员，为该报撰长篇武侠小说《新剑侠传》。在北平时，曾从许禹生、刘思绶研习太极推手；又曾会见太极拳发源地河南陈家沟陈氏太极第四代传人陈积甫，考察陈、杨两派拳术异同。

同年，《现代奇人传》一册由世界书局出版发行。

3 月 24 日，《上海画报》第 450 期所载《小报告》（署名"网"）称："小说名家向恺然先生，近年在湘中任军法官，昨世界书局得讯，先生已归道山矣。"4 月 3 日，上海《晶报》亦刊出不肖生"物故"消息。包天笑化名"曼奴"在该报发表《追忆不肖生》，其他报章亦有追挽文字跟进。7 月 21 日，《晶报》载张冥飞文，称不肖生在津沽。随后《琼报》《滩报》发表谴责赵苕狂冒名续写《江湖奇侠传》之文字，而平、津报章亦因《辽宁新报》预告刊载《新剑侠传》而发生不肖生存殁之争。8 月 3 日、6 日、8 日，《北洋画报》发表亦强《不肖生生死问题》《关于不肖生之又数种消息》及袁寒云《记不肖生》三文，证实向恺然确实曾在天津。

8 月 15 日，《北洋画报》刊出向恺然致该社社长冯武越函及近照一张，谣言遂息。

8 月 18 日，《上海画报》第 498 期，刊出署名"耳食"的《不肖生不死》一文，说"前年盛传向君已作古人，兹据北平友人函称，则向君目前确在北平头发胡同甲一号第十三师办公处，已投笔从戎矣！"同期所载《重理书业之不肖生》（署名"悄然"）则云："不肖生向恺然君，自游幕湘南后，沪上曾一度传其已死，实则向已随李品仙部至北平，向寓在西城头发胡同甲一号，唯以随军关系，既不大与外间通问，且不愿以真相示人耳。近闻向已辞去军队生活，而重整理笔墨生涯，其第一步即为沈阳《辽宁新报》撰《新剑侠传》。”

另据《平襟亚函聘不肖生》（刊于1929年8月21日《上海画报》第499期，署名“俞俞”）云：“前此途中为匪戕害云云，特东坡海外之谣耳［张其锽（子午）杨毓瓒（瑟君）皆死于匪，向先生被戕之谣，殆即由此传误）。向先生尝致《新闻报》严独鹤先生一书，声明死耗之不确，又询《江湖奇侠传》九集以后之续稿，并谓可以继续为《快活林》撰著，平襟亚先生闻讯，急函约向先生到沪，为中央书店撰小说。每月交□万字（原稿漏字）］，致酬五百金，订约一年，款存银行保证，暂时不得更为它家作何种小说云。”其间还涉及向恺然与世界书局、时还书局的版权纠纷。

父国宾公卒于是年。

按：向恺然在《练太极拳的经验》中曾说：“戊辰七月，我跟着湖南的军队到了北京，当时北京已改名北平。”戊辰七月即1928年8月16日至9月14日，而三十六军9月10日方攻占开平，故文中“戊辰”疑为“己巳”之误，月份是否有误待考。练习、考察太极拳事，见《我研究推手的经过》等文。是年，《红玫瑰》第5卷第20号刊出《江湖奇侠传》十一集本及《现代奇人传》出版广告。《江湖奇侠传》第十集与第十一集均系伪作，涉嫌侵犯向恺然著作权。关于“物故”谣言及上述著作权纠纷，向为霖在《我的父亲平江不肖生》中亦曾叙及。下述资料较清晰地勾勒出了相关细节：

据《世界书局迎向记》（刊于1929年9月12日《上海画报》第506期，署名“耳食”）短讯称：“听说向恺然先生从北平写信到上海世界书局，提出一个小小交涉，就是《江湖奇侠传》要从第十集重新做过，沈老板大为赞成，赶忙托李春荣君亲自赴平，答应向君的要求，并且要请他结束全书。”又，短讯《快活林将刊不肖生著作》（刊于1929年9月27日《上海画报》第511期，署名“重耳”）则谓：“向现仍拟在沪重理笔墨生涯，其开宗明义之第一声，将在《新闻报》上之《快活林》露脸，以《快活林》编者严独鹤君，与向素有交谊，且甚钦佩向君之笔墨也。惟《快活林》之长篇小说，俟《荒江女侠》登完后，尚有徐卓呆和张恨水二君之小说，预计在本年度内，无再登他人小说之可能，故向君现特先撰《学习太极拳之经过》短文一篇，约五六千字，其中关于太极拳之派别及效用，均详述靡遗，极富趣味，不日即将刊载。”11月，《上海画报》第524期（1929年11月6日）所刊《向恺然返湘省亲记》（“振振”自北平寄）称：“其尊人忽抱沉疴，得电忽忽，即行就道。”另，《上海画报》528期（1929年11月18日）所刊《向恺然起诉时还书局》（署名“平平”）称：“世界书局以八千元了结《江湖奇侠传》版权纠纷事宜；向恺然就《半夜飞头记》署名问题起诉时还书局。”起诉时还书局之结果未详。

1930年（民国十九年庚午）41岁

是年3、4月间，电影《火烧红莲寺》第十一集“因取材偶不经心，致召上海市党部电影检查委员会取缔”（明星公司《普告国内外之欢迎〈红莲寺〉者》）。5月14日，“片经特别市检查会检许”，恢复公映。

向恺然约于3、4月间自北平返沪，继续其写作生涯。

3月18日，上海《新闻报》副刊《快活林》始载向恺然《练习太极拳的经验》，4月20日载完。此文主要总结在北平习研太极拳之心得、见闻，后收入陈微明所编《太极正宗》，列为第七章，题目改为《向恺然先生练习太极拳的经验》。

按：据4月24日《上海画报》第579期所刊《不肖生来沪》（记者）称："小说界巨子平江向恺然先生，著作等身，文名藉甚，近已偕其眷属来沪，暂寓爱多亚路普益公报关行，刻方卜居适宜之地。"

又据是年3月28日《新闻报·快活林》刊载陈微明《一封书证明事实·陈微明致向恺然》云："数年未见，每于友人中探兄踪迹，近始知在北平研究太极拳"，"闻兄仍作文字生涯，其境况可知，何不仍南来一游乎？"可知向氏返沪当在3、4月间。

关于《火烧红莲寺》第十一集遭取缔的时间，据明星公司《普告国内外之欢迎〈红莲寺〉者》文（附载于中央大戏院为该片第十二集上映而在是年7月5日《新闻报》上刊发的广告）推定。文中又说："（遭取缔后）嗣经本公司略具呈文，陈明中国影业风雨飘摇之苦况及《红莲寺》关系国片存亡之实情……差幸检会体恤商艰，业已准如所请。"经查，该片第十集上映于同年2月20日前后，第十一集既已于5月14日经"检会"允许公映，可知知遭禁当在3、4月间。

1931年（民国二十年辛未）42岁

7月15日，国民政府"内、教二部电影检查委员会"依据反对"提倡迷信邪说"之宗旨，在第十一次委员会议上又决议禁止播映《火烧红莲寺》，并吊销已换发之该片第十三至十八各集执照。

向恺然当于是年撰成《近代侠义英雄传》第66至84回。

按：《近代侠义英雄传》第66回："这部侠义英雄传，在民国十五年的时候，才写到第六十五回，不肖生便因事离开了上海，不能继续写下去；直到现在整整五年，已打算就此中止了。""不料近五年来，天假其便居然在内地谋了一桩四业不居的差使；可以不做小说也不致挨饿，就乐得将这支不健全的笔搁起来。……想不到竟有许多阅者，直接或间接写信来诘问，并加以劝勉完成这部小说的话。不肖生因这几年在河南直隶各省走动，耳闻目见的又得了些与前八集书中性质相类似的材料；恰好那四业不居的差使又掉了，正用得着重理旧业。”“四业不居的差使”当指所任军职。亦不排除上年业已开始续撰之可能。

关于本年以及1932年、1937年、1938年《火烧红莲寺》禁映或开禁的情况，均据顾倩《国民政府电影管理体制（1927—1937）》一书第十四章第四节。“内、教二部电检会”为中央级的电影管理机构，正式成立于是年3月，由内政部（含警务系统）和教育部联合组成。

1932年（民国二十一年壬申）43岁

2月，湖南省政府主席何键于长沙创办湖南国术训练所，所址设于皇仓湾武圣宫内，首任所长万籁声；5月，万籁声离任，何键亲自兼任所长。10月1日至5日，湖南省第二届国术考试在长沙举行。

7月，天津《天风报》开始连载还珠楼主（李寿民）所撰《蜀山剑侠传》。

8月，明星公司呈文内、教二部“电检会”，列述摄制《火烧红莲寺》本意不在提倡迷信邪说诸情，请求重捡、弛禁。获准，遵命改名《红莲寺》，修改不妥内容，重领执照。然而，随之又接警字137号令，谓据《出版法》，小说《江湖奇侠传》业已查禁，《红莲寺》执照仍应吊销。虽经公司再次力辩该片仅前二集取材于小说，其他各集皆与小说无干云云，陈情仍被驳回。

是年向恺然离沪返湘，居长沙学宫街希圣园，于何键兼任国术训练所所长后出任该所秘书，主管所务。取得友人吴鉴泉、杜心五、王润生、柳惕怡等支持，以顾如章为总教官，刘清武为教务主任，加聘范庆熙、王荣标、范志良、纪授卿、常冬生、白振东等为教官；以李肖聃为国文教员，柳午亭为生理卫生教员。所内南北之争消弭，全所面貌一新。10 月派出学员参加省第二届国术考试，取得优异成绩。

是年 3 月，世界书局出版《近代侠义英雄传》第九至十二集（66—84 回）。

按：国术训练所创办时间据《湖南武术史》[14]。向恺然《自传》："民国二十一年回湖南办国术训练所及国术俱乐部，两次参加全国运动会，湖南省皆夺得国术总锦标。"（《长沙文史》第 14 辑所载肖英杰《湖南省国术馆始末——解放前的湖南武术界》一文谓国术训练所创办于 1931 年。互联网所载《湖南国术训练所掌故》一文跟帖或谓 1929 年冬万籁声即应聘入湘就任所长；关于万氏离湘时间，又有 1932 年 7 月、1933 年 7 月诸说，似均不确。）湖南省第二次国术考试时间据《湖南武术史》（第一次为 1931 年 9 月 27—29 日）。

岳麓书社版《近代侠义英雄传》之底本即世界书局 1932 年本，然被删去第 15 至第 19 回及第 65 回、第 67、68 回共计 9 回文字，导致文献残缺，殊为可惜。

1933 年（民国二十二年癸酉）44 岁

10 月 20 日至 30 日，中央国术馆于南京公共体育场举办全国第二届国术考试。

向恺然在国术训练所任秘书。10 月，派出选手多人参加全国国术考试，获得优异成绩。

《湖南省第二届国术考试汇刊》出版，内收向恺然《提倡国术之贡献》《妇女界应积极提倡国术》《写在国术考试以后》《我失败的经验》四文。

是年秋，《金刚钻月刊》第2期以《论单鞭》为题，刊载1924年（甲子）春季陈志进与向恺然来往书信三通。

按：第一次全国国术考试举办于1928年10月。《金刚钻月刊》编者施济群在《论单鞭》之前加有按语云："甲子春，余方为世界书局辑《红杂志》，陈君志进以书抵余，嘱转向君恺然，讨论太极拳中之单鞭一手。盖当是时有某书贾者，发行《国技大观》一书，贸然列向君名，丑诋单鞭无实用，陈君乃作不平鸣。迨鱼雁数往返，始悉《国技大观》一书，非向君所辑，然则向君之受此夹气，非向君始料所及也。岂不冤哉！癸酉仲秋编者识。"文末复按："陈、向二君，素昧平生，因此一度之笔战，乃成莫逆交。语云：'不打不成相识。'信然。今陈、向二君俱在湖南主持国术分馆教授事，倘重读当年讨论单鞭数书，悻悻之色，溢于言表，必哑然自笑也。"

1934年（民国二十三年甲戌）45岁

1月，竺永华出任国术训练所所长，建议何键于长沙又一村成立国术俱乐部。何自任董事长，竺任总干事长，下设总务、宣传、游艺、教务四股。

向恺然兼任国术俱乐部秘书，同时兼任高级班太极拳教员。端午节前，太极名家吴公仪、公藻兄弟应邀抵湘，就任国术俱乐部教员。向恺然主持欢迎仪式，有合影留存，题曰摄于"蒲节前一日"。

是年秋，王志群返湘，向恺然与之相聚三月，晨夕探讨太极拳。

在向恺然主持、筹划下，国术俱乐部之建设以及活动之开展颇见成效，拥有礼堂、演武厅、国术大操场、射箭场、摔跤场、弹子房、民众剧院等设施，组织、推广文体活动，贡献颇多。

是年，向氏撰《赵老同与尤四喇嘛》，连载于《山西国术体育旬刊》第1卷第1、2期；《三晋武侠传》，连载于同刊第1卷第3、4、5期（前两期署“肖肖生”，第5期署“不肖生”）；《国术名家李富东传》，载于第1卷第7、8期合刊；《霍元甲传》，连载于第6期及7、8期合刊。

母王氏太夫人卒于是年阳历2月28日。

按：与王志群重聚事，见《太极径中径》。《赵老同与尤四喇嘛》等篇多与《近代侠义英雄传》互文。

1935年（民国二十四年乙亥）46岁

10月10日至20日，第六届全国运动会在上海举行。

向恺然在国术训练所、国术俱乐部任秘书职。以国术训练所学员为主之湖南省国术队女子组荣获全国运动会总分第一名。

6月，长沙裕伦纸业印刷局印行吴公藻《太极拳讲义》，向恺然为之作序，以答客问方式阐释太极拳精义。

按：《太极拳讲义》序末署“民国二十四年六月平江向恺然序于湖南国术训练所”。

1936年（民国二十五年丙子）47岁

何键改湖南省国术训练所为湖南省国术馆。10月，第六届华中运动会在长沙举行。

向恺然受何键之命，与竺永华专任国术俱乐部事务。湖南省男、女武术队分别荣获第六届华中运动会武术总分第一名。

原配杨氏夫人卒于是年8月25日。

按：专任国术俱乐部事等据《湖南武术史》。

1937年（民国二十六年丁丑）48岁

7月7日卢沟桥事变，抗日战争全面爆发。7月18日，长沙市政府、国术俱乐部等九团体于又一村国术俱乐部召开会议，决定成立“长沙人民抗敌后援会”，24 日改称“湖南人民抗敌后援会”，后又改称“湖南人民抗敌总会”。廖磊率部驻皖，9、10 月间，以陆军上将衔出任第十一集团军总司令兼第七军团军团长。11 月 12 日，上海沦陷。11 月 27 日，新任湖南省主席张治中宣誓就职，何键调任内政部长。

向恺然任国术俱乐部秘书，积极参与抗敌后援等爱国活动。

电影《火烧红莲寺》在“孤岛时期”之上海经“中央电检会”办事处重检，获通过，但又在工部局电检会受阻。

按：向一学《回忆父亲一生》[9]称：向恺然时曾接待、安排田汉、熊佛西率领之抗日宣传队演出及徐悲鸿绘画展览等活动。

上海沦陷之后，城市中心为公共租界中区、西区和法租界，日军未能进入，因而形成四周都是沦陷区的独立区域，史称“孤岛”。国民政府在“孤岛”仍拥有治权，当时内、教二部电检会已被“中央电检会”取代，该会在沪留有办事处。

1938 年（民国二十七年戊寅）49 岁

1 月 23 日，张治中改组省国术馆，原副馆长李丽久升任馆长，任郑岳为副馆长。2 月，日机开始轰炸长沙等地。5 月，湖南各县成立抗日自卫团。6 月 7 日，第五战区司令官兼安徽省主席李宗仁迁省会于大别山区立煌县（今金寨县）。廖磊奉令驻守大别山，以第二十一集团军总司令身份兼任第五战区豫鄂皖边区游击总指挥，9 月 27 日出任安徽省主席，10 月 8 日兼任省保安司令。11 月，日军攻长沙，国军撤退时放火烧城。

向恺然当于是年受廖磊之邀，往安徽立煌县出任第二十一集团军总办公厅主任兼省府秘书；同往之武术界人士包括白振东、粟永礼、时溦石、黄楚生、刘杞荣等。不久，嘱侄孙向次平于返湘时接成佩琼到立煌。是年秋，与成佩琼在立煌结婚，婚礼由第二十一集团军政治部主任胡行健操办。

是年中央书局印刷发行《玉玦金环录》之改名本《江湖大侠传》，署“襟霞阁主人精印”“大字足本”，列入“通俗小说文库”，前有范烟桥序及陈子京校勘后序。

上海工部局电检会亦对《火烧红莲寺》开禁，第十八集终于在“孤岛”正式上映。

按：廖磊就任安徽省主席时间据《中华民国史事日志》[15]等，《金寨县志·大事记》作10月24日[16]。向恺然所任职务据《湖南省文史馆馆员传略》，此外又有“顾问”“参议”诸说。成佩琼，婚后改名“仪则”，原籍湖南宁乡，生于民国八年（1919）1月6日。初中毕业后考入国术训练所女子师范班，主学太极拳；毕业后任益阳信义中学体育教师。向斯来2010年12月2日致徐斯年函云：“1937年卢沟桥事变，母亲回到国术训练所。不久，父亲应二十一集团军总司令廖磊的邀请，前往安徽任职总办公厅主任。父亲去安徽时，从国术训练所带了一些男学员随同前往，在廖磊部任职。后来又派他侄孙向次平（曾在行政院任过职）来长沙，说向主任派他来接母亲前往安徽安排工作。当时母亲与父亲只是师生关系，兵荒马乱的年代，工作不好找，有这样的机会，就跟向次平去了。到安徽后，父亲托人向母亲求婚（父亲元配杨氏已于1936年去世），母亲考虑父亲比她大20多岁，开始没有同意。父亲先后派了唐生智内侄凌梦南、参谋长徐启明、副官处长罗敏、政治部主任胡行健等人，轮番给母亲说媒，做工作，母亲终于同意了。1938年秋，由政治部主任胡行健操办婚筵，为我父母举行了结婚仪式。”向一学《回忆父亲一生》称：“因日机轰炸长沙，全家搬回老家东乡苦竹坳樊家神。

父亲在福临铺抗日自卫团当副团长……后来随桂系廖磊去安徽。”黄曾甫《平江不肖生为何许人》称：“1938年长沙大火前，敌机时来侵扰，向恺然携眷下乡，住在长沙县竹衫铺樊家神（在麻分嘴附近）老家。在乡人士组织福临乡自卫团，又推举向恺然任副团长，他招来一批国术训练所的学生，在乡下训练。”经查《湖南抗日战争日志》[17]，“湖南民众抗日自卫总团”由张治中兼任团长，下设区团部，由各区保安司令兼任团长；县设县团部，由县长兼任团长；乡（镇）设大队部，由乡（镇）长任大队长。福临铺为镇，向恺然若任该职，当为福临铺抗日自卫团之副大队长。向斯来2010年12月2日函则云：“母亲回忆，抗战爆发后，父亲即随廖磊去了安徽，并没有在长沙出任过长沙县抗日自卫团副团长，一直从事文字和武术工作。此事母亲记得很清楚，因为卢沟桥事变后，她就从益阳回到了长沙（的）省国术训练所。对父亲行止比较清楚。”上述两说，以向一学、黄曾甫说为是。

1939年（民国二十八年己卯）50岁

10月23日，廖磊因脑溢血逝世，追赠陆军上将，葬立煌县响山寺。

向恺然在立煌。殆于是年（或上年?）访刘百川并初识觉亮和尚（“胖和尚”）于六安，又识画僧懒悟（“懒和尚”）于立煌。

女斯来生于是年12月某日，生母为三配夫人成仪则。

按：向恺然《我投入佛门的经过》：“我学佛得力于一位活菩萨，那位活菩萨是谁？是六安大悲庵的胖老和尚。这和尚在大悲庵住了五六十年，七八十岁的六安人，都说在做小孩的时候便看见这胖老和尚，形貌举动就和现在一样。凡是安徽的佛教徒恐怕没有不知道他的。他的法名叫觉亮，但是少有人知道，他在大悲庵几十年的行持活动，写出来又是一部好神话小说。不过他是一个顶怕麻烦的人，我不敢无故替他惹麻烦。”向氏与此僧交往之确切时间、过程待考。成仪则《忆恺然先生》：“住在六安县的刘百川老师，是全国著名的武术家。此时困住家乡，一筹莫展。恺然先生访知后，和二十一集团军总司令廖磊乘视察军情之机，途经六安，会见了刘百川老师。老友相逢，倍加欢喜。刘百川对恺然先生的事业深表赞同，于是便同来立煌，住在我家。恺然先生向廖磊详细介绍刘的武术及为人，建议安排他的职务。廖磊当时是总司令兼安徽省主席，欣然接受了这一建议，将刘安排在安徽省政府任参议一职。”[18]姑将访刘百川及初会胖和尚均志于本年。朱益华《五档坡的大玩家》：“抗日战争时期懒悟应弘伞法师邀请到金寨（当时叫‘立煌’）小灵山。这时候曾经以写《江湖奇侠传》而轰动一时的向恺然，应安徽省主席的邀请来到金寨。向恺然与懒悟一见如故，并写了一副对联送给懒悟。联文是‘书成焦叶文犹绿，睡起东窗日已红。’懒悟很喜欢，抗战胜利后携回迎江寺，挂在他的画室里。”[19]按：懒悟即懒和尚，河南潢川人，俗姓李。生年未详，卒于1969年。以书画闻名于世，属新安画派，称“汪采石、黄宾虹后第一人”。迎江寺在安庆（当时已沦陷）。向恺然初会懒悟之时间待考，亦姑志于本年。向斯来，谱名振来。

1940年（民国二十九年庚辰）51岁

1月11日，李品仙继任安徽省长。

向恺然在立煌。

1941年（民国三十年辛巳）52岁

向恺然在立煌。

女斯立当生于是年。生母为三配夫人成仪则。

按：向斯立，谱名振立。其身份证生日为1942年2月14日，向晓光谓实际出生时间早于是年。而向斯行身份证上生年亦为1942年，可知斯立当生于1941年。

1942年（民国三十一年壬午）53岁

是年春，经教育部批准，安徽省临时政治学院改建为安徽省师范专科学校。12月底，日军突袭并占领立煌，大肆烧杀，于次年初撤退。

向恺然在立煌。

12月，广益书局出版《龙门鲤大侠》一册，署“向恺然著”。

子斯行生于是年8月21日。生母为成仪则夫人。

按：向斯行，谱名振行，卒于2008年。《龙门鲤大侠》未见原书，书目所录出版时间为“康德八年”即1942年，疑印行于东北沦陷区。

1943年（民国三十二年癸未）54岁

安徽师范专科学校升格为安徽学院。

向恺然以省府秘书兼任安徽学院文科教授当始于是年。

女斯和生于是年12月27日。生母为成仪则夫人。

按：安徽学院后与原安徽大学合并重组，重建安徽大学（时在1949年10月）。向斯来2010年12月2日函称：“父亲在立煌县任二十一集团军总办公厅主任时，兼任安徽大学（按：对照《自传》及相关文献当为安徽学院）教授，教古典文学，每周去授课一天，上午两节课，下午两节课。持续时间大约一年多。”向斯和，谱名振和。

1944 年（民国三十三年甲申）55 岁

向恺然在立煌。奉派以省府秘书身份会同定慧禅师领修被日寇焚毁之响山古寺。《太极径中径》或撰于是年。

按：金寨县政府网 2009 年 4 月 28 日发布《响山寺》简介云："1943 年元旦，日寇犯境，寺被焚毁，荡然无存。1944 年安徽省府为恢复寺庙，派秘书向恺然会同禅师定慧领修，历时 8 个月，于 1945 年建成。"《太极径中径》写作时间据该篇内文推测。此文见于刘杞荣《太空拳》一书（湖南省新华印刷厂 1997 年印行），此前曾否公开发表待查。又，同书另收向恺然《湖南武术代有传人》一文，当作于 1949 之后，未知确切时间。

1945 年（民国三十四年乙酉）56 岁

抗战胜利。安徽省政府由立煌迁至合肥。

向恺然督修之响山寺完工，计重建瓦屋 30 间，分为一宅三院。其左后方为廖公祠、墓（祀廖磊），右为忠烈祠（祀桂系阵亡将士）。

按：响山寺完工资料据金寨县政府网。1947 年 12 月 10 日《纪事报》所载《名小说家平江不肖生匪窟脱险经过》谓：向氏督修之三大工程为"廖公祠、昭忠祠、胜利纪念塔"，而 1947 年 9 月尚"未竣"。《纪事报》所载文当据传闻而写，所叙督修时间及事实或有不确之处。成仪则《忆恺然先生》亦曾说及抗战胜利后督修响山寺及胜利纪念塔，而胜利纪念塔不见载于金寨县志及政府网。

1946 年（民国三十五年丙戌）57 岁

华中军政长官白崇禧在合肥宣布撤销第十战区，于蚌埠设立第八绥靖区，夏威任司令长官。

向恺然应夏威之邀，赴蚌埠佐其戎幕，出任少将参议，主办

《军声报》。2月，安徽省政府教育厅编印之《新学风》创刊号刊载向恺然所撰《宋教仁、杨度同以文字见之于袁世凯——〈革命野史〉材料之一》；该刊第2期列向恺然为特约编撰。是知其时已开始构思、撰写《革命野史》。

6月，上海广益书局出版《太湖女侠传》一册，署“向恺然、许慕羲合作”。

按：任少将参议等事据《湖南省文史馆馆员传略》。《军声报》，民国三十五年（1946）由第八绥靖区政训部创办，社址设于蚌埠华丰街10号，日出对开一大张，次年停办。叶洪生编《近代中国武侠小说名著大系》之《近代侠义英雄传》《江湖奇侠传》卷首《平江不肖生小传及分卷说明》谓：《革命野史》“原称《无名英雄》”，曾以《铁血英雄》之名“发表于上海《明星日报》”。待核实。《太湖女侠传》未见原书。

1947年（民国三十六年丁亥）58岁

9月2日，中国人民解放军晋冀鲁豫野战军（即二野）三纵八旅占领立煌县城。

向恺然时在立煌，因即被俘。审查期间二野民运部长史子云曾建议向恺然赴佳木斯高校任教，向因“家庭观念太重”而未允。解放军遂礼遇而释放之，并开具通行证，乃携眷经六安转赴蚌埠。

按：是年12月间，国民党军与二野二纵在立煌展开拉锯战。次年2月下旬，二野主力转移。直至1949年9月6日，中国人民解放军二十四军七十一师二一三团占领金家寨后，立煌县方正式宣告解放。1947年12月10日《纪事报》所刊《名小说家平江不肖生匪窟脱险经过》谓：向氏于9月3日被俘，在“古碑冲的司令部中”接受审查，“八天”之后获释。所述其他情节与下文所引向氏自述、向斯来函所述基本一致，“史子云”则误作“史子荣”，“民运部长”误作“行政部长”。湖南省文史馆所藏向恺然1953年致“李部长”（当为时任湖南省委宣传部长之李锐）函云：“1947年在安徽遇二野民运部长史子云和八纵队政治部许主任，他们都是读过我所作小说的。他们对我说，我的小说思想与他们接近，一贯的同情无产阶级，不歌颂政府，不歌颂资产阶级，并说希望我到佳木斯去当大学教授。我自恨家庭观念太重，那时已有五个小儿女，离开我便不能生活，不愿接受他的希望，于今再想那样认识我的人便不易得了。”向斯来2010年12月2日函谓：“经我与母亲及妹妹们回忆”，父亲被俘“是1947年秋天的事，刘邓大军进军大别山后发生的。当时父亲被带走了一个星期，回来后告诉我母亲，新四军对他很好。说他很坦白，有什么说什么；思想先进，和共产党能够合拍；又是文化人，共产党队伍里很需要他这样的人，动员他加入共产党，随部队到东北佳木斯去。父亲一生没参加过任何党派，虽然在廖磊部做事，也并没有加入国民党。父亲对新四军说，他可以随部队去东北，但是，家有妻室儿女大小六人，而且子女年龄都很小，要去得带家属一起去。新四军答复说，战争年代，家属不能随军，但是，蚌埠设有留守处，家属可以留在蚌埠。父亲回复说，此前他之所以没有随二十一集团军去蚌埠，留在立煌没走，自己讨点事做（负责建胜利纪念塔），就是因为孩子都小，走不了。如果家属不能随军，他一个人去东北会放心不下。因此只能答应新四军说，他回湖南后，将来贵军解放长沙，他一定出城三十里迎接。1949年，父亲与程潜等国民党高级将领一起，在长沙签名起义，迎接解放军。在审查父亲的那七天时间里，新四军要父亲帮他们做了一些文字工作，比如写小册子、宣传品等。闲聊中，他们问父亲对共产党有什么看法，父亲说，担心他们挺进大别山离后方太远，怕给养供不上。冬天马上来了，天冷了怎么办？通过审查，父亲一无血债，二无劣迹，而且在当地民众中口碑很好，七天后，新四军把父亲放回来了。临回家前，还请父亲吃了餐饭，一位叫‘史团长’的（按：当即向恺然致‘李部长’函中所说之史子云）陪同父亲一起用餐。回家后，父亲继续为部队做了一些文字工作。后来新四军给我们家开了豫、鄂、皖三省通行证（路条），我们就离开了立煌县，到六安去了。我们在六安过完春节就从六安去了蚌埠。淮海战役开始前，形势十分紧张，我们又随父亲从蚌埠撤到南京。1948 年冬天，二哥向一学给全家搞来了免费机票，于是，我们全家和二哥一起，坐免费飞机从南京飞到汉口，再从汉口坐火车回长沙。”按：当时“中国人民解放军”虽已定名，但当地仍习惯使用“新四军”这一称呼；“蚌埠设有留守处”之说或属误记，因为当时该市并未解放。又，向一学在《回忆父亲一生》中称其父被解放军“释放”后暂居于“合肥”的“一个庙里”，《纪事报》所刊文亦称向氏“脱险”后“依于合肥城内东大街皖中唯一古刹的明教寺”。是则赴蚌埠前后曾否逗留于合肥，尚待考证核实。《湖南省文史馆馆员传略》仅云：“一年后辞（参议）职，任蚌埠实验小学校长。”按：向斯来曾向徐斯年口述父亲被俘经过甚详，略谓：解放军进入家中，父亲先交出佩枪，他们接着入室搜查，但对钱物、字画等分毫不动，这一点给我们留下的印象特别深刻。又按，香港《华侨日报》1947 年 10 月 18 日刊有《不肖生突告失踪》特讯，谓“上海息：小说家向恺然（即不肖生），在抗战时，任廿一集团军总部少将机要秘书，胜利后辞退，隐居立煌山中，研讨印度哲学，遥领省府高参名义。讵在前次立煌被匪窜陷后失踪，至今音信杳然，遍觅无着，合肥文化界，对之异常关怀，刻在设法访查中。”

1948 年（民国三十七年戊子）59 岁

12 月，淮海战役接近尾声，蚌埠即将解放。

是年春，向恺然就任蚌埠市中正小学校长。冬，携妻女等赴南京，由次子为霖护送，乘空运署专机飞汉口，再转火车返回长沙，出任程潜主持之湖南省政府参议。

8 月，于佛学刊物《觉有情》月刊第 208 期发表《我投入佛门的经过》。

女斯道生于是年 6 月 6 日。生母为成仪则夫人。

按：中正小学，解放后改名“实验小学”。《上海滩》1996 年第 2 期所载夏侯叙五《平江不肖生身世补缀》：“到了 1947 年的元月份，《军声报》忽然停刊了。不久，夏威受命接任安徽省主席，因为省会在合肥，第八绥靖区机关也随之迁往合肥。可是向恺然却不愿意跟随，似另有所谋。果然他通过新任蚌埠市长李品和（湖南人，李品仙的弟弟）的力荐，出任中正小学校长……向恺然上任后，很少过问校务，把校内大小一切事务全部推给了教导主任，他自己则每日读书写作（《革命野史》即在此时动笔）。”按：此文所述时间较含混，经核《蚌埠市志 · 蚌埠大事记》，第八绥靖区迁合肥时间为民国三十七年（1948）10 月；李品和原任蚌埠市政筹备处主任，确于 1947 年正式设市后出任市长；向恺然任中正小学校长则在 1948 年春。向为霖《回忆父亲一生》：“大约是淮海战役后，父亲由安徽来到南京”，随后又“回安徽将家小接来南京”，一同返湘。向斯道，谱名振道。

1949 年（己丑）60 岁

向恺然在长沙随程潜、陈明仁将军和平起义。时居长沙南门外青山祠。

1950 年（庚寅）61 岁

自是年 9 月起，向恺然每月受领军政委员会津贴食米一市担。

4 月，上海元昌印书馆出版《侠义英雄》三册，署“向恺然著”。

5 月，所著《革命野史》由岳南铸字印刷厂印行，署“平江不肖生”。因销量过少而未续写。

按：津贴数额后来略有增加，但因子女众多，生活仍颇窘迫。《侠义英雄》未见原书。

1951 年至 1953 年（辛卯至癸巳）62 至 64 岁

向恺然在长沙。

1954 年（甲午）65 岁

2 月，向恺然应湖南省人民政府之聘，任省文史馆馆员，月薪 50 元。

1955 年（乙未）66 岁

向恺然在长沙。

1956 年（丙申）67 岁

11 月，向恺然于北京参加全国第一次武术观摩表演大会，任裁判委员，受到国家体委主任贺龙元帅接见。

1957 年（丁酉）68 岁

7 月 12 日，香港《大公报》刊出《陈公哲返港谈北游，乐道政府重视无数，参观全国武术观摩并游各城市，在长沙与平江不肖生见面欢技》特讯，谓“武术界名宿陈公哲前日自北京返抵港……于长沙又和六十八岁的武侠小说作家不肖生（向恺然）会面，对发展武术方面，交换意见”云云。

是年向恺然撰《丹凤朝阳》，刊于湖南省文联刊物《新苗》第7期。又应贺龙元帅之请，准备撰写百余万字之《中国武术史话》，因“反右运动”开始而未果，并于运动中被划为“右派分子”。同年12月27日逝世。

附：确切写作、出版（刊载）时间未详之作品目录及部分辨疑

《变色谈》（此为林鸥《旧派小说家作品知见书目》手稿所录书目，原书未见，版别未详）；

《乾坤弩》（有大众图书社版，未见原书，出版时间未详）；

《绿林血》（有大众图书社版，未见原书，出版时间未详）；

《烟花女侠》（未见原书，版别未详）；

《铁血大侠》（未见原书，版别未详）；

《荒山游侠传》（有艺光书店版，未见原书，出版时间未详）；

《情恨满天》（有天津古籍出版社1987年重印本上、下二册，署名“不肖生”，收入“近代通俗文学研究资料丛书”），按：该书实为王度庐所撰《鹤惊昆仑》，系托名之伪作；

《玉镯金环镖》（未见原书，版别未详）；

《小侠万人敌》，署名“不肖生”，上海书局出版，二册全，按：疑为冯玉奇同名之作，待核实；

《雍正奇侠血滴子正传》，署名“不肖生”，中中图书出版社版，二册全，按：该书实为陆士谔《七剑三奇》，当系托名伪作；

《贤孝剑侠传》，署名“不肖生”，奉天中央书店康德六年四月一日再版，待考；

《江湖异侠传》，署名“不肖生”，益新书社版，待考；

《神童小剑侠》，署名“平江不肖生”，全三册，上海小说会民国廿二年十月出版，待考；

《风尘三剑客》，署名“平江不肖生”，全三册，民国二十四年五月香港五桂堂书局出版，待考；

《奇人杜心五》（叶洪生称原载沪上《香海画报》，今上海图书馆残存之该画报中未见此篇）；

《武术源流》《太极推手的研究》《我研究推手的经验》（后二文均见录于叶洪生主编之《近代中国武侠名著大系》所收向氏作品卷首，《经验》一文末有“民族形式体育运动”“文化遗产”等语，殆作于解放后）；

《湖南武术代有传人》《太极拳名称的解释》（此二文均作于解放后）。

本年表蒙湖南省文史馆、图书馆及向斯来女士，中村翠女士（日本），张元卿、顾臻、林鸥先生，李文倩、石娟、禹玲博士，毛佳小姐等提供相关资料，特此致谢。

参考文献：

[1]《向氏族谱》，民国三十三年（1944）六修版。

[2] 向恺然《自传》，平江不肖生《江湖奇侠传》卷首，岳麓书社，2009，长沙。

[3] 向恺然《自传》，湖南省文史馆藏原稿抄件。

[4] 黄曾甫《平江不肖生为何许人》，《长沙文史资料》（增

刊），1990。

［5］凌辉《向恺然简历》，湖南省文史馆所藏原稿抄件。

［6］向恺然《拳术》，中华书局，民国五年（1916），上海。

［7］向恺然《我研究拳脚之实地练习》，《星期周刊》，民国十二年（1923）3月4日第50号。

［8］《湖南省文史馆馆员传略》，湖南师范大学印刷厂，2000，长沙。

［9］王新命（无生）《新闻圈里四十年》，龙文出版有限公司，1993，台北。

［10］向一学《回忆父亲一生》，平江不肖生《江湖奇侠传》附录，岳麓书社，2009，长沙。

［11］顾臻《〈江湖奇侠传〉版本研究》，《2010·中国平江·平江不肖生国际学术研讨会论文集》，2010，平江。

［12］魏鋈《向恺然逸事》，《平江文史资料》第1辑，平江政协文史资料研究委员会，1988，平江。

［13］《孝感市志》，红旗出版社，1995，北京。

［14］湖南省体委武术挖整组《湖南武术史》，湖南日报第二印刷厂，1999，长沙。

［15］郭廷以《中华民国史事日志》，中央研究院近代史研究所，1988，台北。

［16］《金寨县志》，上海人民出版社，1992，上海。

［17］钟启河、刘松茂《湖南抗日战争日志》，国防科技大学出版社，2005，长沙。

［18］成仪则《忆恺然先生》，平江不肖生《江湖奇侠传》附录，岳麓书社，2009，长沙。

［19］朱益华《五档坡的大玩家》，《安徽商报》，2008－07－04。

图书在版编目(CIP)数据

江湖小侠传 / 平江不肖生著. — 北京 : 中国文史出版社, 2020.3

(民国武侠小说典藏文库 · 平江不肖生卷)

ISBN 978-7-5205-1659-4

Ⅰ. ①江… Ⅱ. ①平… Ⅲ. ①侠义小说-中国-现代 Ⅳ. ①I246.5

中国版本图书馆 CIP 数据核字(2019)第 272972 号

整　　理：杨　锐
责任编辑：薛媛媛

出版发行：**中国文史出版社**
社　　址：北京市海淀区西八里庄 69 号院　邮编：100142
电　　话：010-81136606　81136602　81136603（发行部）
传　　真：010-81136655
印　　装：廊坊市海涛印刷有限公司
经　　销：全国新华书店
开　　本：720×1020　1/16
印　　张：14　　　字数：148 千字
版　　次：2020 年 3 月第 1 版
印　　次：2020 年 3 月第 1 次印刷
定　　价：49.50 元